# MILLIARDENSCHWEREN FOREVER LOVE'N COWBOY

Die milliardenschweren Cowboys aus Lone Star, Texas, Buch Sechs

# HOPE MOORE

Milliardenschweren Real Love'n Cowboy

Copyright © 2023 Hope Moore

Dieses Buch ist ein Werk der Fiktion. Namen und Charaktere sind der Fantasie der Autorin entnommen oder werden fiktional verwendet. Jede Ähnlichkeit mit realen Personen, ob am Leben oder bereits verstorben, ist rein zufällig.

# Forever Love'n Cowboy

*Hatte man sie verkuppelt – und wenn ja, waren es ihrer beider Großeltern gewesen oder die Sperenzchen von Boulder, seinem übermütigen Hund?*

Kurz vor ihrer Hochzeit verließ Lila Willis vor zehn Jahren Lone Star in Texas und kehrte nie wieder zurück – nicht einmal, um ihre Großmutter zu besuchen. Sie hatte einer Lüge über Jace Calhoun Glauben geschenkt und es seither nie wieder riskiert, dem Mann über den Weg zu laufen, der ihr das Herz gebrochen hatte.

Rancher Jace Calhoun verlor so die Liebe seines Lebens, weil sie Schreckliches über ihn geglaubt hatte und gegangen war, ohne ihn anzuhören. Mit dem Auto war sie aus der Stadt geflohen und er hatte nicht versucht, sie umzustimmen. *Wie konnte er jemanden lieben, der so schlecht über ihn dachte?*

So hatte alles begonnen, doch nun kommt Lila zurück in die Stadt, von der sie sich jahrelang ferngehalten hat, um ihrer kranken Großmutter zu helfen, die den Laden neben dem Futtermittelladen von Jace' Großvater führt – jenem Ort, an dem ihre Romanze begann. Und natürlich sorgt Jace' großer Hund, ein Weimaraner, der allen Menschen seine volle Liebe schenkt, dafür, dass sich Jace und Lila gleich zu Beginn wiedersehen.

Vor Jahren hat sich Jace' Leben verändert, als die Frau, die er liebte, wegzog. Nun ist sie zurück – was wird er tun?

Viel Freude beim Kennenlernen von Lone Star, Texas, der Buckley-Familie und all ihrer Freunde – Sie werden die Cowboys lieben, die in dieser kleinen texanischen Stadt voller Liebe, Lachen und Versprechen für die Ewigkeit ihr Happy End finden.

# KAPITEL EINS

Lila Willis bog mit ihrem roten Jeep-Cabrio in die Hauptstraße von Lone Star, Texas ab, jener kleinen Stadt, in der sie früher die Sommer bei ihrer Großmutter Josie Jane Willis verbracht hatte. Hier hatte sie immer sehr viel Spaß gehabt. Außer einem großen Futtermittelgeschäft hatte es hier früher nicht viel gegeben – und an diesen Laden wollte sie im Augenblick nicht denken. Lieber erinnerte sie sich an das Mulberry Diner, die dort verzehrten, wunderbaren Speisen waren ihr lebhaft im Gedächtnis geblieben. Sie fuhr die Straße entlang und erblickte mehrere neue Second-Hand- und Antiquitätenläden, außerdem einen Friseursalon und ein Bekleidungsgeschäft. Im Grunde war hier alles noch wie früher, aber es gab inzwischen ein paar Geschäfte mehr – was gut war, denn es zeigte, dass die kleine Stadt florierte. Ihrer Großmutter gehörte ein Second-Hand-Laden namens Josie Jane's Wash and Repeat und sie liebte es, ihn mit Dingen zu füllen, die eine „zweite Chance oder einen Neuanfang verdient hatten", wie ihre Gram zu sagen pflegte.

Sie lenkte den Wagen auf einen Parkplatz vor dem Laden ihrer Großmutter, wobei sie Calhoun's Feed and Seed bestmöglich ignorierte. Der Laden lag günstig am Ende der Straße, sodass abfahrende und ankommende Trucks und Lastwagen genug Platz zum Rangieren und Ein- und Ausladen hatten. Stattdessen warf sie im Rückspiegel einen Blick auf die andere Straßenseite zu Rubys und Reds Mulberry Diner. Das befand sich schon dort, solange sie zurückdenken konnte. Die beiden waren gute Freunde ihrer Großmutter und auch Red und ihr Großvater hatten sich gut verstanden. Der Blick in den Spiegel verriet ihr, dass die Fassade des Restaurants in einer neuen Farbe gestrichen worden war; sie erstrahlte nun in einem satten Burgunderton ähnlich dem einer Maulbeere, sodass er zum Familiennamen passte. Wie entzückend; diese Farbe gefiel ihr bedeutend besser als der alte Braunton.

Sie konzentrierte sich auf den Laden ihrer Großmutter. Auch dieser hatte einen neuen Anstrich erhalten und präsentierte sich in einem leuchtenden Zitronengelb. So als ob ihre Gram beschlossen hätte, ihre Liebe für diese Frucht nun vollends zum Ausdruck zu bringen. Sie war praktisch süchtig nach ihrer selbstgemachten Limonade, die sie jedem servierte, der ihren Laden betrat. Der Laden passte zu ihr: er verwies auf die flotte, fröhliche Dame mit dem gewissen Etwas. Er sah viel besser aus als vor zehn Jahren, als sie ihn zum letzten Mal gesehen hatte. Damals hatte sie die Stadt verlassen und nicht vorgehabt, noch einmal zurückzukehren. Ihre Großmutter hatte sie und ihre Mom in Austin besucht, doch sie hatte Lila nie gedrängt, an den Ort zurückzukehren, an dem man ihr das Herz gebrochen und ihr Selbstwertgefühl erschüttert hatte.

Doch hier war sie nun, weil ihre liebe Gram sie brauchte.

Plötzlich sehnte sich Lila nach einem Glas der Limonade ihrer Großmutter und seufzte. *Sie war wieder hier.* Ihr Blick schweifte zu Calhoun's Feed and Seed. Augenblicklich wanderten ihre Gedanken zu Jace, dem

Enkel des Besitzers. Nein, an den wollte sie nicht denken. Sie wollte keinen Gedanken an den Cowboy verschwenden, mit dem sie verlobt gewesen war. Jenem Mann, dem sie vertraut hatte, bis er heimlich eine Affäre gehabt hatte… mit Telsie Grimes. Die beiden waren nicht miteinander ausgekommen; Telsie hatte gar nicht gefallen, dass der Cowboy, in den sie verknallt war, Lila heiraten würde. Es war ein Schock gewesen, als Telsie ihr von der wundervollen Nacht erzählt hatte, die sie mit Jace verbracht hatte. Auch heute noch, viele Jahre später, bereitete ihr dieser Gedanken Magenschmerzen – und machte sie fuchsteufelswild. Jace hatte beteuert, dass es nicht stimmte, doch sie hatte ihm nicht geglaubt. Ja, sie war etwas nervös gewesen, weil sie mit achtzehn heiraten würde, aber die Details, die ihr diese schreckliche Frau erzählt hatte, und die Tatsache, dass man die beiden an jenem Abend zusammen gesehen hatte, ließen sie nicht mehr los. Und dann hatte er aufgehört, sie überzeugen zu wollen, ihm zu glauben. Er hatte gesagt, sie solle ihr Leben ohne ihn weiterführen. Und genau das hatte sie getan.

Sie war nie wieder zurückgekehrt. Ihre Großmutter

hatte berichtet, dass er sich um die Ranch seiner Familie kümmerte, damit seine Eltern reisen konnten, und dass er seinem Großvater im Futtermittelladen half. Nicht, dass sie Fragen gestellt hätte, doch ihre Großmutter versorgte sie häufiger mir Informationen, nach denen sie nicht gefragt hatte. Sie hatte sie schließlich gebeten, ihn aus ihren Gesprächen herauszuhalten und in letzter Zeit hatte ihre Gram dieser Bitte entsprochen, wofür sie dankbar gewesen war. Dann jedoch hatte Gram angerufen und erklärt, dass sie ihre Hilfe brauchte. Ihr unterer Rücken machte ihr zu schaffen und schmerzte so stark, dass sie häufig Mühe hatte, sich von ihrem Stuhl zu erheben, wenn Kunden in den Laden kamen. Ihre Gram brauchte ihre Hilfe, was für Lila kein Problem war, denn sie erstellte online Werbung und konnte dies von überall aus tun. Sie reiste für ihr Leben gern und tat dies und arbeitete nebenbei. Es war kein Problem, ihrer Großmutter zu helfen, da sie nicht an einen bestimmten Ort gebunden war. Also saß sie nun hier, zum ersten Mal seit Jahren.

Sie blickte erneut in den Rückspiegel und entdeckte die neue Boutique neben dem Restaurant, von der ihr

Gram erzählt hatte. Deren Fassade war im sanften Ton eines blassblauen Himmels gestrichen, was sehr gut aussah. Sie würde das Geschäft bei Gelegenheit unter die Lupe nehmen, doch nun blickte sie die Straße hinunter, in die andere Richtung, weil sie sehen wollte, ob es noch weitere Veränderungen gab, die ihr bisher entgangen waren. Wie sie feststellte, wiesen die meisten Geschäfte noch die alten Ziegensteinfassaden oder verblassten Anstriche auf; der Großteil der Second-Hand-Läden sah noch genauso aus wie früher. Sie fragte sich, ob sie überhaupt genug Geld einbrachten, um für neue Farbe aufzukommen. Sie blickte zurück zur Eingangstür ihrer Großmutter und seufzte. Sie sollte endlich aussteigen und dies nicht länger vor sich herschieben. Es brachte sie nicht weiter, wenn sie sich Sorgen darüber machte, was geschehen könnte. Irgendwann würde sie ihn wiedersehen, das ließ sich kaum vermeiden, wenn man bedachte, dass sich der Laden seines Großvaters direkt neben dem ihrer Großmutter befand. Also stieg sie aus; den Blick fest auf die Eingangstür gerichtet und auf nichts anderes, ging sie los. Sie tat das für ihre liebe Gram.

Sie hatte die Tür beinahe erreicht, als sie ein von lautem Bellen begleitetes Klingeln vernahm und dann das rasche Tapsen von Hundepfoten, das ihr verriet, dass ein Hund auf sie zu gerannt kam. Sie wirbelte in dem Moment herum, als ein Ruf ertönte und der Hund sie erreichte. Er war groß und erhob sich auf seine Hinterläufe, seine Vorderpfoten stellte er ihr so schwungvoll auf die Schultern, dass er sie mit seiner Größe zu Boden stieß. Sie schrie auf und schnappte nach Luft, voller Angst wandte sie das Gesicht ab, als das Tier begann, ihr mit seiner riesigen rosa Zunge seitlich übers Gesicht zu lecken. Die Glocke an seinem Halsband klingelte bei jeder Bewegung seiner Zunge–

„Nein", schrie sie und krümmte sich zusammen, als eine Hand das Halsband des Hundes packte und ihn von ihr herunterzog.

„Boulder, zurück! Was machst du, Hund?" Der Mann sah auf sie herab. „Es tut mir so leid –"

*Jace Calhoun.* „Jace, wieso…?" Sie schnappte nach Luft, verblüfft darüber, dass sie ihm so bald begegnete. Ihr ganzes Gesicht war voller Hundesabber und das Tier versuchte ungestüm, wieder freizukommen, wobei es seine Zunge ekstatisch von einer Seite zur anderen schwang, so als wartete es nur auf eine Gelegenheit, ihr auch noch über die andere Wange zu schlecken. Sie erschauderte und blickte zurück zu Jace.

Dieser starrte sie an. „Lila, ich bin überrascht, dich hier zu sehen, aber lass mich dir aufhelfen. Das mit Boulder tut mir leid. Manchmal ist er etwas übermütig. Normalerweise springt er die Leute allerdings nicht so an. Er hat dich gesehen, als wir um die Ecke des Futtermittelladens gebogen sind und hat so unerwartet an der Leine gezogen, dass sie mir aus der Hand gerutscht ist." Er streckte ihr seine Hand entgegen.

Eigentlich wollte sie nicht nach seiner Hand greifen, aber alles woran sie denken konnte, war, wieder aufzustehen und in den Laden zu kommen… und sich den Sabber aus dem Gesicht zu waschen. Jace hatte sich die Leine um die andere Hand gewickelt, sodass der Hund neben seinem Knie stand und nicht zu ihr gelangen konnte. Sie zwang sich, ihre Hand in die von

Jace zu legen; die elektrische Spannung, die bei dieser einfachen Berührung durch ihren gesamten Körper schoss, gefiel ihr gar nicht. Ihre Blicke trafen sich und sie fragte sich, ob er es auch spürte. Anstatt bei diesem Gedanken zu verweilen, zog sie an seiner Hand und er an ihrer; sodass sie erst in eine sitzende Position und dann in den Stand gelangte. Noch immer spürte sie dieses leichte Surren und entriss ihm ihre Hand, sobald sie auf den Beinen war.

Sie zwang ein paar Worte aus ihrem Mund. „Ich muss mir das Gesicht abwischen. Ich bin hier, um mein Gram zu besuchen. Wie auch immer, ich denke, es war nett, dich und deinen Hund gesehen zu haben." Dann drehte sie sich um und riss die Tür auf; sie stürmte hindurch und ließ sie hinter sich ins Schloss fallen. Ohne sich dabei ein einziges Mal umzusehen.

Alles in ihr bebte und sie sehnte sich danach, sich den Sabber aus dem Gesicht zu wischen. Jace' Gesicht, das sie aus ihrem Gedächtnis verbannt hatte, war zurück und ihre Gedanken kreisten um ihn. Sie versuchte, das zu ignorieren. Sie musste sich das Gesicht waschen und nach ihrer lieben Großmutter sehen.

So hatte sie sich den Beginn dieser Reise nicht vorgestellt… natürlich hatte sie damit gerechnet, ihn wiederzusehen und damit, dass alte Erinnerungen an die Oberfläche kommen würden. Sie hatte allerdings nicht vorhergesehen, dass sie sein gigantischer Hund auf den Boden drücken und eine Seite ihres Gesichts ablecken würde. Nein, so hatte sie sich die ersten Momente hier in der Stadt nicht vorgestellt. Ganz und gar nicht.

„Lila!"

Als sie ihren aufgeregt hervorgestoßenen Namen hörte, ließ sie den Blick in die Mitte des Ladens zur Theke und der Gruppe von Stühlen schweifen, auf denen die Freunde ihrer Großmutter häufig saßen, wenn sie vorbeikamen um hier zu nähen oder zu stricken – was für sie eindeutig das Beste an ihrem Geschäft war. Schon oft war ihr aufgefallen, dass es die Männer ähnlich hielten und sich drüben in Calhoun's Feed and Seed trafen, wo etwas derbere Stühle um einen Holzofen gruppiert waren, der im Winter Wärme spendete und unablässig Rauch über das Rohr ausspie, das aus dem Metalldach ragte.

„Gram!", rief sie voller Freude, als die Aufregung über das Wiedersehen mit ihrer Großmutter die Oberhand gewann. Ja, es gab Dinge in dieser Stadt – ein Geschäft weiter – die sie störten, doch als sie ihre Gram erblickte, freute sie sich so sehr, dass sie auf sie zustürmte, gerade als sich diese anschickte, sich aus ihrem Stuhl nach oben zu drücken. Doch dann ließ sie sich zurücksinken und wartete auf sie. Als Lila sie erreichte, beugte sie sich vor und umarmte ihre Großmutter, die es sich nicht nehmen ließ, ihr über den Rücken zu streichen. „Es ist so schön, dich zu sehen. Wie geht es dir?" Sie ließ los, blieb aber in gebückter Haltung neben ihrem Stuhl stehen.

Ihre Gram lächelte sie an und strich über Lilas Wange, wobei ihre sanften grünen Augen funkelten. „Jetzt, wo du hier bist, geht's mir gleich viel besser. Weißt du, es fällt mir wirklich schwer, aus diesem Stuhl hochzukommen. Und es ist etwas verzwickt, den Kunden von hier aus zu helfen. Du bist zum perfekten Zeitpunkt gekommen, denn Freitagnachmittag und

Samstag sind die geschäftigsten Tage. Da du am Morgen eingetroffen bist, bleibt genug Zeit, dir alles zu zeigen. Die meisten Kunden kommen am Wochenende, aber einige verschaffen sich einen Vorsprung und kommen schon Freitagnachmittag."

Sie erinnerte sich daran, wie die Freitage und Samstage waren. Die Stadt mochte nicht besonders groß sein, aber die Leute liebten es, den Trubel der größeren Städte hinter sich zu lassen und zu ihrer Großmutter zu kommen, um zu sehen, welche neuen Schätze sich dort finden ließen. Sie wussten, dass sie ein Händchen dafür hatte, Dinge auszuwählen oder sie so zu überarbeiten, dass sie in ihr Zuhause passten. Viele einzigartige Gegenstände fanden ihren Weg in diesen Laden und auch Lila freute sich schon darauf, ihn zu erkunden, denn es war lange her, seit sie hier gewesen war. „Ich kann es kaum erwarten, zu sehen, was du dahast. Wie hast du alles allein bewerkstelligt?"

„Meine Freundin, die mir an den Tagen hilft, an denen ich einkaufen fahre, arbeitet immer noch für mich, sodass ich mich umschauen kann. Ich lasse meine

Funde liefern, also ist es nicht allzu anstrengend. Aber Mary Lou will nicht noch mehr arbeiten, deswegen brauche ich deine Hilfe. Ich wollte, dass du kommst."

Sie hatte Lila erklärt, dass sie sie unbedingt sehen wollte, und trotz des Ärgernisses ein Geschäft weiter war Lila froh, dieser Bitte entsprochen zu haben.

„Setz dich, dann können wir uns etwas unterhalten."

Lila richtete sich auf und setzte sich auf den Stuhl neben ihrer Großmutter. „Okay, schieß los." Sie lächelte.

„Dein Zimmer im Haus ist fertig. Ich habe es ein wenig hergerichtet, damit es mehr für eine hübsche junge Frau passt als für einen Teenager. Das war überfällig."

„Ich hoffe, du hast dich damit nicht übernommen."

„Nein. Das musste erledigt werden und ich habe es genossen, weil ich wusste, dass du wieder dort schlafen wirst. Ich wollte es tun. Ich habe es immer geliebt, wenn du mich besucht hast. Ich kann verstehen, warum du nicht mehr gekommen bist, nachdem du als junge

Erwachsene so verletzt wurdest. Doch jetzt bist du hier und das macht mich überglücklich. Ich habe dein Zimmer mit Dingen aus dem Laden eingerichtet, die mir ausnehmend gut gefallen und denke, dass es dir genauso gehen wird. Und dann habe ich noch ein paar alte Spielsachen entfernt und sie nach oben – also, nun ja, ich habe sie nicht selbst nach oben gebracht. Ich hatte Hilfe."

„Ich bin froh, dass du dich nicht überanstrengt hast. Ich bin gekommen, um dir zu helfen und es wäre völlig überflüssig, wenn du dich in dem Bemühen alles für meine Ankunft vorzubereiten noch mehr verletzt hättest. Was hat der Arzt zu deinen Rückenschmerzen gesagt? Ist es dein Ischias?"

„Ja, genau, der Ischias. Er sorgt für Schmerzen im Rücken und in den Hüften. Ich soll ein paar Übungen machen und einfach vorsichtig sein. Manchmal kommen die Schmerzen wie aus dem Nichts. Sei dir dessen bewusst. Ich warne dich, damit du dir nicht zu viele Gedanken machst, wenn ich plötzlich ein Problem habe – falls ich hinfalle oder stolpere."

„Hinfalle!", rief Lila aus. „Du meinst, du könntest fallen, weil dein Rücken nachgibt?"

„Naja, nein, bisher ist das nicht geschehen. Ich wollte dich nur vorwarnen, vielleicht passiert das noch."

Es war schlimmer als gedacht. Der bloße Gedanke daran, dass ihre Großmutter fiel, schmerzte sie. Was für eine schreckliche Vorstellung: ihre Gram, die sich vor Schmerzen auf dem Boden wälzte. Zum Glück war sie gekommen. Sie umfasste die Hände ihrer Großmutter. „Ich werde bleiben, solange du mich brauchst. Da ich online arbeite, kann ich reisen und von überall aus arbeiten. Wo immer ich sein will. Und jetzt möchte ich hier sein. Ich kann bleiben, solange du mich brauchst."

Gram lächelte, ihre Lippen kräuselten sich leicht und ihre sanften grünen Augen funkelten. „Das macht mich unglaublich froh. Es ist fast so wie früher."

„Nicht ganz, Gram. Als ich jünger war, stecktest du voller Energie."

„Nun, ich bin immer noch meistens voller Energie. Diese elenden Rückenschmerzen kommen mir einfach manchmal in die Quere. Aber mach dir keine Sorgen darum, dass dir langweilig werden könnte, über meine dünnen Lippen kommt nach wie vor der gleiche, altgewohnte Humor wie eh und je."

Lila lachte über ihre Worte. Ihre Großmutter war schon immer für ihren Witz bekannt gewesen und im Laufe der Jahre hatte sie oft herzhaft über das gelacht, was sie von sich gegeben hatte. Sie beugte sich vor und umarmte ihre liebe Gram. Diese Frau bedeutete ihr alles und sie war überglücklich, hergekommen zu sein. *Trotz* des Mannes nebenan.

# KAPITEL ZWEI

Jace wandte sich ab, als Lila die Tür hinter sich ins Schloss fallen ließ. Es fiel ihm schwer zu glauben, dass sie zurück war. Doch ihre Großmutter brauchte sie. Sein Gramps hatte ihm erklärt, dass Josie Jane die Hilfe ihrer Enkelin benötigte, aber das wusste Jace auch so, denn er hatte ihr einige Male dabei geholfen, Gegenstände hin und her zu räumen oder nach deren Anlieferung ins Gebäude zu tragen. Wenn sie eine Bitte äußerte oder Hilfe bräuchte, wäre er immer für sie da. Aber er wusste, dass die süße Dame nebenan ihre Enkelin vermisste, und trotz allem, was zwischen ihnen vorgefallen war, war er froh, dass Lila zurück war.

Als er die Tür zum Futtermittelladen öffnete und hineintrat, sah er sich seinem Großvater gegenüber, der direkt dahinter gestanden hatte. Der verglaste

Eingangsbereich des Geschäfts stand ein Stück vor und die schräg stehenden Fenster ermöglichten es einem, den Bürgersteig zu überblicken. Zweifellos hatte er freie Sicht auf Jace' Begegnung mit Lila gehabt. Jace löste die Leine von Boulders Halsband und ließ den großen, silberfarbenen Weimaraner – oder Weim, wie viele Züchter diese großen, freundlichen und mutigen Hunde nannten – frei. Sofort drehte sich Boulder zu ihm herum, sodass die Glocke an seinem Halsband klingelte und schaute mit seinen atemberaubend blaugrauen Augen zu ihm auf. Dann legte er den Kopf schief, so als wollte er herausfinden, was Jace durch den Kopf ging. So starrte er Jace häufig an, besonders wenn sich draußen etwas befand, das das Interesse des Hundes geweckt hatte. Boulder bellte kurz und trabte dann zur Tür, um seine Nase gegen die Glasscheibe zu pressen und in die Richtung zu schauen, aus der sie gekommen waren.

„Sieht so aus, als ob er wieder raus will", sagte Gramps. „Irgendetwas da draußen hat sein Interesse geweckt – wie sieht es bei dir aus?"

„Ich liebe diesen Hund, aber manchmal bringt er mich mit seinen unvorhersehbaren Aktionen wirklich in

Schwierigkeiten."

„Du meinst, wenn er sich auf deine Ex-Verlobte stürzt und ihr liebevoll mit seiner riesigen Zunge übers Gesicht leckt?"

Er stemmte eine Faust in die Hüfte und warf seinem Gramps einen bestimmten Blick zu. „Bitte fang nicht damit an. Ich habe bitte gesagt, aber ich meine es ernst. Fang nicht damit an. Sie hat eine Wahl getroffen und mir Dinge vorgeworfen, die ich bis heute nicht glauben kann."

Er trat hinter die Theke und hörte, dass hinter der Doppeltür zu seiner Linken etwas bewegt wurde. Die Tür führte zur Rückseite des Futtermittelladens, wo seine Mitarbeiter den Viehzüchtern und Bauern beim Einladen halfen. Im Augenblick waren allerdings nur er und sein Großvater da. Gramps hatte ihn in letzter Zeit häufiger gebeten, ihm zu helfen. Er selbst führte die Ranch, was ihm großen Spaß machte, doch als Kind hatte er seinem Gramps immer gern im Laden geholfen. Besonders wenn im Sommer Lila da gewesen war, die ihrer Großmutter zur Seite stand. Jedes Jahr im Herbst hatte es ihm zu schaffen gemacht, wenn sie die kleine

Ranchstadt verlassen hatte, um zu ihren Eltern in Austin zurückzukehren und dort zur Schule zu gehen. Er hatte schon immer viel gearbeitet, sich aber stets besonders auf das Ende des Schuljahres gefreut, wenn sie zurückkehrte, um Zeit mit ihrer Großmutter zu verbringen. Als sie nach der Highschool alt genug gewesen waren, hatte er ihr einen Heiratsantrag gemacht und sie hatten gemeinsam Pläne geschmiedet. Doch dann hatte sie die Verlobung wegen all der lächerlichen Lügen, die man ihr erzählt hatte, gelöst und war nie wieder hergekommen.

Gramps kam zur Theke gelaufen und blickte ihn besorgt an. Er hatte ihn viele Male aufgefordert, sein hübsches Mädchen zurückbringen. Er hatte ihn gebeten, ihr die Wahrheit zu sagen und sie davon zu überzeugen, ihm zu glauben.

Aber Jace hatte abgelehnt. Er hatte nichts falsch gemacht. Telsie Grimes hatte ihn in der Stadt gesehen und behauptet, ihr Auto sei kaputt und ihn gebeten, sie nach Hause zu fahren. Er hatte erwidert, sie solle einen ihrer Freunde fragen, aber sie hatte ihn angefleht, ihr zu helfen und wie ein Idiot war er in die Falle getappt. Er hatte sie nach Hause gefahren, wo sie versucht hatte, ihn davon zu überzeugen, mit nach drinnen zu kommen, wo ein Nachtisch auf sie wartete, den ihre Mutter zubereitet hatte, bevor sie zu einer Einkaufstour nach San Antonio aufgebrochen war. Er hatte abgelehnt, doch sie hatte sich ihm in den Weg gestellt und ihn gebeten, sich im Stall ein neugeborenes Kalb anzusehen, dem es nicht gutging. Diese Bitte hatte er nicht ausschlagen können. Er hatte ein Händchen für Kälber und im Laden führten sie Medikamente, die hilfreich sein konnten.

Im Stall hatte sich tatsächlich ein Kalb befunden, das sie mit der Flasche fütterte. Es hatte eine Schnittwunde am Bein und er hatte sich hingehockt, um sich die Verletzung genauer anzusehen. Sie hatte sich neben ihn gekniet und eine Hand auf sein Knie gelegt. Von dieser unerwarteten Berührung überrascht, hatte er sie angeblickt, als sie sich plötzlich nach vorn beugte, ihre Arme um seinen Hals schlang und ihn küsste, wobei sie sie in den mit Heu ausgelegten Stall warf. Sie hatte den ungewollten Kuss vertieft und ihn mit ihrem Speichel benässt.

„Was soll das?", hatte er überrascht gegrunzt,

während er Telsie von sich stieß und aus dem Heu sprang. Geschockt hatte er sich umgedreht und auf sie herabgeschaut.

Mit großen Augen hatte sie den Kopf zur Seite geneigt. „Komm schon, lass uns etwas Spaß haben. Du weißt, dass ich dich mag."

Er war wütend gewesen und hatte nichts erwidert. Stattdessen war er zu seinem Truck gestampft und zurück in die Stadt gefahren. Ein Blick in den Spiegel hatte ihm die Wut in seinen Augen und das Heu in seinen Haaren offenbart. Man hatte ihn hereingelegt.

In der Tat. Am nächsten Tag war sie auf der Tanzveranstaltung erschienen, zu der er mit Lila gegangen war und hatte ihren Freunden in Lilas und seinem Beisein erzählt, dass sie sich bei ihr zuhause mit ihm im Heu gewälzt hatte und ihr das Ganze äußerst gut gefallen hatte.

Lila hatte sich zu ihm umgedreht, das wunderschöne Gesicht vor Schock verzerrt. „Das hast du nicht getan?", hatte sie gefragt.

„Nein, habe ich nicht", hatte er erwidert.

Doch ihr Gesichtsausdruck war unverändert

geblieben, während Telsie hinter ihnen flötete: „Oh doch, das hat er."

Hatte diese manipulative Frau geglaubt, ihn mit derartigen Lügen für sich gewinnen zu können?

Sie hatte gar nicht mehr aufgehört zu lügen und Lila hatte nicht ihm geglaubt, sondern ihr. Am nächsten Tag hatte er beschlossen, sie nicht länger von der Wahrheit überzeugen zu wollen, denn ihm war klargeworden, dass sie keine Zukunft hatten, wenn sie diesem Unsinn mehr Glauben schenkte als seiner Aufrichtigkeit.

Sie verließ die Stadt und kehrte nach Austin zurück und soweit er wusste, war sie nie wieder nach Lone Star gekommen, um hier ihre Großmutter zu besuchen, die sie von ganzem Herzen liebte. Das hatte Josie Jane verletzt, jedem war das aufgefallen, doch irgendwann hatte sie sich damit arrangiert und Lila und ihre Familie fortan in Austin besucht. Es irritierte ihn nach wie vor, dass die Frau, die er zu lieben geglaubt hatte, ihrer Großmutter das angetan und außerdem geglaubt hatte, dass er kurz vor ihrer Hochzeit hinter ihrem Rücken eine Affäre gehabt hatte.

So hatte er die Frau verloren, der sein Herz gehörte

und dann hatte die Verursacherin all des Übels auch noch begonnen, ihm nachzustellen. Rasend vor Wut hatte er ihr klargemacht, dass zwischen ihnen nichts gewesen war und niemals sein würde. Ihm war zu Ohren gekommen, dass Telsie in fünf Jahren zweimal verheiratet gewesen war und sie inzwischen wieder allein irgendwo im Land lebte.

Als er an all das zurückdachte, spürte er, wie sein Blutdruck in die Höhe schnellte – dass Lila wirklich geglaubt hatte, er sei wie Telsie und schmisse ohne Weiteres alles beiseite, was sie sich hatten versprechen wollen – gegenseitige Liebe und ein Leben zu zweit – verletzte ihn zutiefst. Nein, so war er nicht. Und er gebot seinem Zorn darüber besser Einhalt, solange sie in der Stadt war.

Ihre Großmutter hatte ihm im Laufe der Jahre ein paar Sachen erzählt, zum Beispiel dass Lila einen Online-Job hatte, den sie liebte und der es ihr ermöglichte, zu reisen, da sie die Werbeanzeigen für ihre Kunden überall erstellen konnte. Der Tonfall ihrer Stimme hatte ihm verraten, dass sie traurig darüber war, dass Lila nicht von hier aus arbeiten wollte. Eines

Tages, als er ihr gerade dabei geholfen hatte, ein paar Möbel zu verschieben, hatte sie unumwunden gefragt, ob er jemals in Betracht gezogen hatte, sie zurückzugewinnen. Er hatte ihr unmissverständlich klargemacht, dass sie ihr eigenes Leben hatte und er keine Lust, sie zurückzugewinnen, nachdem sie so viel Schlechtes über ihn geglaubt hatte. Es war ihm nicht leichtgefallen, ihr das so unverblümt ins Gesicht zu sagen; sein Großvater hatte genau in diesem Moment den Laden betreten und gehört, was er gesagt hatte. Später hatte er ihm im Futtermittelladen den Kopf gewaschen.

Anschließend war Jace zu Josie Jane gegangen und hatte sich bei ihr entschuldigt, woraufhin sie ihn umarmt hatte.

„Ich wünsche mir so sehr, dass es zwischen euch anders gelaufen wäre, aber ich verstehe es. Ich bin froh, dass du trotz allem ein Teil meines Leben bist." Sie hatte zu ihm aufgeschaut und ihre sanften grünen Augen hatten gefunkelt, als sie ihn angelächelt hatte.

Er musste an dieses Lächeln denken und wusste, dass er sein Bestes geben würde, um Josie Jane diesmal nicht aufzuregen. Das hatte diese reizende Dame nicht verdient.

Er zwang seine Gedanken zurück in die Gegenwart. Sein Gramps stand auf der anderen Seite des Tresens und starrte ihn an. „Was? Misch dich nicht ein, okay?"

„Jace, öffne vielleicht die Tür zu deinem Herzen ein klein wenig und schau, was passiert."

„Nein, diese Tür ist zu und klemmt. Und dabei wird es auch bleiben. Ich muss jemanden abkassieren", fügte er noch hinzu, als sich die Hintertür öffnete und zwei der Buckley-Brüder hereinkamen.

„Gut, ich werde mich nicht einmi– naja, ich werde, ähm, meinen Mund halten. Dann mache ich mich mal wieder an die Arbeit." Er drehte sich um, grüßte Ryder Buckley und seinen Bruder Caleb und ging durch die Doppeltür nach draußen, durch die die beiden hereingekommen waren.

Sie traten an den Tresen. Sie waren Teil der großen Familie, der die riesige Ranch neben seiner sehr viel kleineren gehörte. Auf der Buckley-Ranch lebten insgesamt fünf Brüder und ihre zwei Cousins. Sie liebten ihre Ranch und kümmerten sich um alles, was eine Ranch beziehungsweise ein Bauernhof brauchte. Sie züchteten Vieh und sorgten dafür, dass es den Tieren gutging. Auf ihrem Land befanden sich ein paar fischreiche Seen und sie ließen sich immer wieder neue Dinge einfallen, um das Beste aus der Ranch zu machen. Er mochte die Buckleys alle, die ungefähr im selben Alter waren wie er selbst. Sie waren gemeinsam aufgewachsen, hatten viel Zeit zusammen verbracht und waren miteinander befreundet. Sie hielten den Futtermittelladen am Laufen, erzählten auch anderen Viehzüchtern voller Begeisterung von ihm und hatten schon so manchen neuen Kunden empfohlen. Das Geschäft seines Großvaters florierte.

Was zum großen Teil daran lag, dass dies für seinen Großvater nicht selbstverständlich war. Er legte großen Wert darauf, den Ranchern ein verlässlicher Lieferant zu sein und auch schwer aufzutreibende Dinge zu besorgen. Das Unternehmen befand sich schon lange im Familienbesitz und er wusste, dass sein Großvater wollte, dass er es übernahm. Aber könnte er den Laden ebenso gut führen wie Gramps? Seine Ranch lag ihm sehr am Herzen und er hatte ein paar ausgezeichnete

Mitarbeiter. Sein Betrieb war nicht annähernd so groß wie die gigantische Buckley Ranch, doch auch er züchtete großartige Rinder. Er schob die Gedanken beiseite und lächelte die Brüder an. Er war froh, dass jemand das Gespräch mit seinem Großvater unterbrochen hatte.

„Hey Jungs, habt ihr alles verladen?"

Ryder grinste. „Wir sind noch dabei, der Anhänger draußen ist fast voll. Für euch arbeiten sehr gute Männer."

„Das stimmt. Aber ihr kennt ja Gramps – ihm gefällt es, wenn ich hier im Laden bei ihm bin. Ich schwanke noch zwischen dem Job des Ranchers und dem des Managers des Futtermittelladens. Ich mag die Arbeit im Geschäft, aber ich bin nicht so gut darin wie er und die Ranch zu führen liegt mir mehr."

Caleb zog eine Augenbraue hoch. „Wir verstehen dich. Du kannst dir vorstellen, wie viel wir damit zu tun haben, unsere große Ranch vernünftig zu unterhalten. Bei dir sieht es etwas anders aus, du hast die kleinere Ranch aber obendrauf noch das Geschäft hier. Und du bist gut, wir haben nichts an deiner Arbeit auszusetzen."

„Danke. Ich glaube, mir geht es da so wie euch – ich bevorzuge die Rancharbeit."

Ryder lachte. „Das verstehen wir. Und wir sind eine ganze Bande Buckleys, die dafür sorgen, dass alles läuft. Jeder trägt seinen Teil bei, aber wir können bei Bedarf Pausen einlegen und wissen, dass sich jemand in dieser Zeit um unsere Aufgaben kümmert. Wir können es uns aussuchen, aber das kannst du auch. Wenn dein Großvater sich dazu entschließt, nicht mehr zu arbeiten und den lieben langen Tag mit Lew Potter zu angeln, dann kannst du den Laden übernehmen und jemanden einstellen, der das tut, was du bisher erledigt hast."

„Ja, die beiden angeln in jeder freien Minute", ergänzte Caleb. „Aber ich glaube, sie würden es noch öfter tun, wenn sie mehr Zeit hätten. Als wir neulich hier waren, sprach Bo gerade mit Lew übers Hochseefischen."

„In den Florida Keys, nicht an der Küste von Texas", fügte Ryder hinzu.

Caleb grinste. „Es ist ein langer Weg von hier bis zu den Keys, da werden sie eine Weile unterwegs sein. Denn du weißt ja, dein Gramps – Bo – setzt keinen Fuß in ein Flugzeug.“

Jace grinste. Klar wusste er, wovon die beiden sprachen. „Ja, keine Flugzeuge. Ende der Diskussion.“

„Wir müssen los“, sagte Ryder. „Schick die Rechnung ans Büro und West schickt euch den Scheck. Gott sei Dank kümmert er sich gern um die Finanzen, ich würde es hassen, so viel Zeit im Büro zu verbringen wie er.“ Er grinste. „Ihr kennt mich – ich verbringe meine Zeit am liebsten mit den Pferden und ihrem Training, aber ich helfe auch mit den Rindern. Aber am Schreibtisch zu sitzen ist nicht mein Ding.“

„Das stimmt“, bestätigte Caleb. „Er hätte nichts dagegen, den ganzen Tag auf einem Pferd zu verbringen, aber West… nun ja, er muss nicht den ganzen Tag am Schreibtisch sitzen, aber es macht ihm Spaß, dafür zu sorgen, dass wir Gewinne erwirtschaften.“

Sie lachten, denn das entsprach der Wahrheit.

Jace verabschiedete die beiden und seufzte dann. Endlich war er allein, nur Boulder war noch da; er hatte die Buckleys größtenteils ignoriert und weiter aus dem Fenster gestarrt.

„Lass es gut sein, Boulder. Sie ist weder für dich noch für mich." Der Hund drehte den Kopf herum und starrte ihn mit seinen durchdringenden Augen an. „Richtig, du denkst, du kennst sie. Nun, glaub mir, das tust du nicht."

Einst hatte er geglaubt, sie zu kennen, doch dann hatte er auf die harte Tour lernen müssen, dass das nicht der Fall war. Ganz gleich, was sein Großvater wollte oder ihre Gram… oder sogar sein Hund… es würde nicht geschehen.

# KAPITEL DREI

In den folgenden Stunden half Lila ihrer Großmutter. Sie sorgte dafür, dass Josie Jane auf ihrem Stuhl sitzen blieb und ihr sagte, was getan werden musste. Sie senkte die Preise einiger Artikel und holte andere aus dem rückwärtigen Teil des Geschäfts nach vorn und versah sie mit Preisschildern. Ihre liebe Großmutter fand Gefallen daran, ihr zu sagen, was sie tun sollte, sodass sie nie lange unbeschäftigt blieb. Sie lachten viel und erinnerten sich gemeinsam an alte Zeiten. Ein paar Leute schauten im Laden vorbei und nach einiger Zeit wurde Lila klar, dass sie kamen, weil ihre Gram angekündigt hatte, dass *sie* dort sein würde. An Lucy Kremer und Paula May Burr erinnerte sie sich noch gut; sie waren schon früher gern zum Stricken zu Gram gekommen. Sie hatte sie angelächelt und umarmt und den beiden erklärt, wie froh sie war, sie wiederzusehen.

„Und wir freuen uns, dich zu sehen, liebes Mädchen", erwiderte Paula May sanft. „Deine Großmutter hat dich vermisst." Sie hielt sich eine Hand vor den Mund, damit Gram sie nicht hörte. „Sie wird dir nicht sagen, wie sehr", flüsterte sie und riss die Augen weit auf, um dem Gesagten größere Bedeutung zu verleihen.

Lucy warf ihrer Freundin einen Blick zu, der ihr zu verstehen geben sollte, besser zu schweigen und grinste sie dann an. „Wir haben uns immer sehr gefreut, wenn du hier warst, während wir arbeiteten. Du hast uns zum Lachen gebracht und warst äußerst reizend. Es ist wunderbar, dass du zurückgekehrt bist. Zum Glück kannst du heute ignorieren, was dich so lange ferngehalten hat."

„Sie ist gekommen, um mir zu helfen", unterbrach sie Gram. „Sie liebt mich immer noch und wollte mir helfen."

„Ja", zwang sie heraus. „Ich hatte viel zu tun, aber als ich hörte, dass Gram mich braucht, bin ich gekommen. Es tut mir leid, dass so viel Zeit vergangen ist." Ihre letzten Worte brachten ihr gleich mehrere breite Lächeln ein.

Und dann trafen die Leute ein, die von weiter her zum Einkaufen in die Stadt kamen. Sie machte sich an die Arbeit und half, wo sie benötigt wurde. Währenddessen dachte sie voller Bedauern daran, dass ihr Liebeskummer verhindert hatte, dass sie mehr Zeit mit der Person verbrachte, die sie über alles liebte und die augenblicklich an der Kasse gut zu tun hatte, weil immer mehr Kunden kamen, um bei ihr einzukaufen.

Die Kunden waren verschiedenen Alters – Männer und Frauen, jüngere Damen und ältere. Das gefiel ihr. Josie Jane's Wash and Repeat genoss einen ausgezeichneten Ruf, aber viele Besucher sprachen auch darüber, anschließend ins Mulberry Diner von Ruby und Red Mulberry zu gehen, das sich auf der anderen Straßenseite befand. Ruby war die beste Freundin ihrer Großmutter und das auch schon immer gewesen. Sie schaute gern hier im Geschäft vorbei es, um den vergnügten Gesprächen zu lauschen oder auszuhelfen. Ihre Großmutter mochte gerade nicht in der gesundheitlichen Verfassung sein, neue

Gegenstände aufzutreiben, aber es waren noch genug da, die sich verkaufen ließen.

Ungefähr eine Stunde, bevor sie schlossen, kam Ruby vorbei. „Hallo, liebe Lila. Deine Gram hat uns verraten, dass du kommst, und du kannst dir nicht vorstellen, wie sehr wir uns darüber gefreut haben." Ruby schritt auf sie zu, breitete beide Arme aus und umarmte Lila fest. Die hübsche, rundliche Dame mit dem von grauen Strähnen durchzogenen dunklen Haar hatte ihre schulterlangen Locken mit einer großen Spange gebändigt, sodass die meisten Haare aus dem Weg waren und nur ein paar kleinere Locken ihr Gesicht umrahmten. Wie ihre Großmutter war sie Mitte sechzig – und eine kräftige Umarmerin.

Lila erwiderte ihre Umarmung mit der gleichen Festigkeit. „Ich habe Sie vermisst, Mrs. Mulberry", sagte sie ernst.

„Ach bitte, ich liebe meinen Mann sehr, aber nenn mich Ruby. So wie früher. Okay?"

Lila lachte und genoss das Gefühl, das sie durchströmte. „Alles klar, Ruby. Du strahlst immer noch wie ein Juwel mit deinem breiten Lächeln und deiner lustigen Art.“

Ruby blickte über Lilas Schulter und zwinkerte. Diese Geste galt wohl ihrer Großmutter, vermutete Lila. Anschließend blickte sie Lila an. „Ja, ich muss gestehen, die meisten Leute sehen mich so, und wenn sie es nicht tun, helfe ich nach. Wenn ich etwas Lustiges oder Aufregendes erfahre, teile ich es gern mit anderen. Und sieh mal.“ Sie streckte ihre Hand aus, an der sich ein riesiger Rubinring befand.

„Ach du meine Güte. Er ist riesig! Ich meine wunderschön“, entfuhr es Lila. Der Ring musste mehrere Karat haben. Er funkelte im Licht. „Wow.“

Ruby kicherte. „Red hat ihn mir zu unserem neunundvierzigsten Hochzeitstag geschenkt. Er ist ein bisschen groß.“ Sie lachte und ihre Großmutter lachte ebenfalls. „Aber ich liebe ihn. Mein Mann meinte, er habe versucht, einen in der Größe seiner Liebe zu bekommen. Ist das nicht süß? Er gefällt dir wirklich.“

„Ja, das tut er.“

Ruby legte einen Arm um ihre Schulter und drehte sie zu ihrer Großmutter herum. „Du bist also hier, um deiner Gram zu helfen. Heute Vormittag bin ich Zeugin eines kleines Zwischenfalls geworden, der sich auf der anderen Straßenseite ereignete. Ich bin nicht losgelaufen, um dir zu helfen, weil ich gleich darauf sah, wie Du-weißt-schon-wer dir zu Hilfe eilte."

Lila zögerte, als sie den Gesichtsausdruck ihrer Großmutter sah. *Was?*

Und dann sprach sie es aus. „Was hast du gesehen, Ruby?"

*Da hatte sie den Salat.*

„Nun, als deine liebe Enkelin heute Morgen hier ankam und aus dem Auto stieg, kam Jace' riesiger Hund um die Ecke des Futtermittelladens gestürmt, kurz bevor sie deine Tür erreichte. Du weißt ja, wie Boulder ist, wenn er jemanden mag. Er springt auf seine Hinterbeine und stellt einem die Pfoten auf die Schultern – seine Art der Umarmung, würde ich sagen. Nun, genau das hat er mit Lila gemacht und sie ging zu Boden, wobei Boulder auf ihr landete. Der süße Hund ließ nicht von ihr ab und leckte ihr seitlich übers Gesicht; ein entzückender Anblick. Natürlich rannte Jace dem Hund hinterher, erstarrte aber, als er sah, wen er da vor sich hatte. Er löste sich schnell aus seiner

Erstarrung und zog den Hund zurück. Er hielt Boulder mit der einen Hand fest und streckte ihr die andere entgegen. Ganz romantisch. Wie hat es sich angefühlt, als dir die Liebe deines Lebens die Hand hinhielt?"

*Ach du meine* Güte. Nahmen die beiden an, dass zwischen ihnen etwas geschehen würde? Es kam ihr beinahe so vor, als wäre dieses Thema bereits besprochen worden. Sie schaute zu ihrer Großmutter und sah, wie diese ihrer Freundin einen alarmierten Blick zuwarf, bevor sie leicht den Kopf schüttelte, so als wollte sie sie zum Schweigen bringen. *Bildete sie sich das nur ein?*

Ihre Gram wedelte mit einer Hand in der Luft herum. „Das wusste ich nicht. Geht es dir gut? Dieser große, hübsche Hund denkt sich nichts Böses dabei. Wenn er jemanden mag, schnappt er ein bisschen über, aber normalerweise hält Jace ihn mit der Leine zurück, an der er ihn immer führt, wenn er unterwegs ist. Wahrscheinlich ging es heute Morgen so schnell, dass er es nicht verhindern konnte. Und du hast mir nichts davon erzählt."

Sie rieb sich die Stirn und blickte von Ruby zu

Gram. „Nun… ich habe keinen Grund dafür gesehen. Als ich zur Tür hereinkam, habe ich nur noch an dich gedacht. Meine Gedanken waren nicht mehr bei ihm oder seinem Hund… oder der Tatsache, dass letzterer mir übers Gesicht geleckt hat. Deshalb bin ich ins Badezimmer gegangen, sobald ich konnte. Ich musste mir dringend das Gesicht waschen. All diese Hundespucke loswerden."

Beide Damen brachen in Gelächter aus.

„Hey, so lustig ist das nun auch wieder nicht. Dieser Hund sabbert ziemlich."

Sie johlten noch lauter. Ihre Großmutter schlug sich mit der Hand aufs Bein. „Oh mein Gott, ich habe nicht mehr so viel gelacht, seit du gegangen bist, Liebling. Ich bin froh, dass du so liebevoll empfangen wurdest. Wenn Boulder dich umwirft, ist das gut. Es bedeutet, dass er dich liebt."

Sie suchte den Blick ihrer Großmutter, als ihr plötzlich ein Gedanke kam. „Gram, ich hoffe, du hast mich nicht zu dir eingeladen, weil du denkst, dass zwischen mir und Jace wieder etwas sein könnte."

Gram winkte ab. „Nein, ich habe dich eingeladen,

weil ich dich brauche. Ich habe dich vermisst und hier ist es einfach nicht mehr wie früher, seit du nicht mehr kommst. Als meine Beschwerden auftraten, dachte ich, du könntest mir vielleicht ein wenig helfen und wir uns wiedersehen. Ich habe dabei nicht im Geringsten an meinen gutaussehenden Nachbarn gedacht. Jetzt ist jetzt, die Vergangenheit ist vergangen."

Sie starrte ihre Großmutter und deren Freundin an und versuchte zu ergründen, ob sie die Wahrheit sagte. Doch auch wenn sie ihr liebes Lächeln verwirrte, musste sie etwas sagen. Gram hatte wirklich Schmerzen, zumindest wirkte es so. Sie hatte den ganzen Tag auf ihrem Stuhl verbracht und als sie auf die Toilette gemusst hatte, war Lila mit ihr gegangen. Sie hatte sie gestützt, als sie stehengeblieben war, weil sie Probleme mit dem Gleichgewicht zu haben schien. Sie schaute zwischen den beiden Damen hin und her. „Ich liebe euch beide. Bitte macht euch diesbezüglich keine Hoffnungen. Die Vergangenheit ist vergangen, meine Zukunft liegt vor mir und sie hat nichts mit meiner Vergangenheit zu tun."

Die beiden sahen enttäuscht aus, nickten aber.

Vielleicht begruben sie das Thema endlich. *Gott sei Dank.*

„Okay, anderes Thema", sagte Ruby. „Morgen Abend findet unser großer Gemeindetanz statt. Du kommst doch, oder? Deine Gram wird ganz aus dem Häuschen sein, wenn du mit ihr hingehst. Und all die Menschen, die dich jahrelang nicht gesehen haben, werden sich ebenso freuen, dich wiederzusehen."

„Ich wollte dich noch fragen, aber Ruby ist mir zuvorgekommen. Wir gehen doch zusammen hin, oder?"

Lila starrte von der einen Frau zur anderen. Da sie gerade erst eingetroffen war, konnte sie sicher ablehnen, aber ihre Großmutter schien diese Vorstellung äußerst glücklich zu machen. „Klar komme ich mit. Ich möchte auch alle wiedersehen. Werden viele Leute dort sein?"

Ruby grinste. „Oh ja. Wahrscheinlich erinnerst du dich an die Buckley-Brüder und ihre beiden Cousins, die auf der riesigen Ranch gleich außerhalb der Stadt leben. Sie kommen. Ein paar von ihnen haben heute Morgen im Diner gefrühstückt und ich habe mich gleich mal erkundigt. Sie haben mich mit ihrem unglaublichen

Lächeln bedacht und mir versichert, dass sie dieses Ereignis auf keinen Fall verpassen werden. Erinnerst du dich an sie? Ich meine, du hattest immer nur Augen für… nun ja, den, dessen Namen wir nicht mehr erwähnen. Aber all diese Buckleys sind erwachsen geworden, sie sind unglaublich gutaussehend und *noch zu haben*. Ich weiß, ich weiß – wahrscheinlich denkst du gerade nicht an so etwas, wo du doch wegen deiner Gram hier bist, aber in Bezug auf alleinstehende Cowboys hat diese Stadt einiges zu bieten. Doch sie ist zu klein, es gibt nicht viele Mädchen in deinem Alter. Aber gleich neben dem Diner hat eine Boutique eröffnet, die Besitzerin ist wirklich nett und ebenfalls Single. Du solltest mal hingehen und Genna Barry kennenlernen. Sie ist ungefähr in deinem Alter. Du wirst ihre Kleidung lieben. Die Auswahl ist einfach entzückend. Anfangs war alles etwas zu jung für mich, aber sie hat ein paar Teile speziell für mich bestellt und das dann beibehalten. Meinem Red gefällt es ungemein, dass ich jetzt auffälligere Farben trage und nicht mehr nur Jeans und ein schlichtes T-Shirt wie früher."

Lila dachte an ihre schwarz-braunen Outfits zurück

und stimmte dem Gesagten zu. Ruby sah aus wie der strahlende Sonnenschein, was ihre Persönlichkeit unterstrich. „Du siehst blendend aus. Ich habe gerade gedacht, wie gut diese luftig gelbe Bluse zu deiner fröhlichen, positiven Art passt."

„Ach, wie süß. Ich mag meinen neuen Look auch sehr. Und nicht, dass du einen neuen Look bräuchtest – du siehst in deinen hübschen Klamotten immer super aus – aber geh ruhig mal rüber und lern Genna kennen. Ich glaube, ihr werdet euch gut verstehen."

Gram nickte auf ihrem Stuhl. „Das denke ich auch. Aber vielleicht ist sie auch schneller und kommt zu uns. Ich habe ihr von dir erzählt und sie möchte dich kennenlernen."

„Nachdem ich so viel Gutes über sie gehört habe, werde ich versuchen, morgen mal zu ihr rüberzugehen, wenn es der samstägliche Kundenansturm zulässt. Ich wette, sie hat dann ebenfalls alle Hände voll zu tun."

„Das stimmt", sagte Gram. „Aber sie möchte dich kennenlernen, und ich kann dir morgen ein paar Minuten frei geben." Gram lachte, und Lila und Ruby fielen mit ein.

„Ich liebe das hier." Sie schaute die beiden nacheinander an. „Ich habe es vermisst."

Das hatte sie wirklich.

* * *

Um sechs Uhr schloss Jace den Laden ab. Sein Großvater war schon früher aufgebrochen, um an einem der vielen Teiche in der Umgebung mit seinem Kumpel Lew zu angeln. Jace schloss die Vordertür ab und ging dann zum seitlichen Ausgang, nicht ohne sich vorher zu vergewissern, dass Boulders Leine in sein Halsband eingehakt war. Als er nach draußen trat, hielt er sie fest in der Hand. Zum Glück; denn das Tier war drauf und dran, zur Vorderseite des Geschäfts, in Richtung Straße zu stürmen, sobald sie aus dem Laden heraus waren. Doch Jace hielt ihn fest und zog ihn zurück.

Boulder hatte den ganzen Tag am Fenster verbracht, er hatte sich zu Boden sinken lassen und den Blick auf den Bürgersteig zum benachbarten Laden gerichtet. Um die Zeit herum, um die Josie Jane für gewöhnlich ihren Laden schloss, hatte Boulder gebellt; anschließend hatte er sich erhoben und die Schnauze gegen die Glasscheibe gepresst.

Jace vermutete, dass sein Hund Lila entdeckt hatte. Er hatte immer wieder in Richtung Kasse geblickt, wo Jace beschäftigt gewesen war, so als wollte er ihn auffordern, zu ihm zu kommen und ihn nach draußen zu lassen. Offensichtlich mochte das Tier Lila.

Es hatte eine Zeit gegeben, in der er ähnlich wie sein Hund reagiert hatte und ihrer Anwesenheit voller Vorfreude entgegengesehen hatte. Er war nicht wie Boulder hin und her getänzelt, aber sein Puls hatte sich beschleunigt und Adrenalin seinen Körper erfüllt, wenn er sie schließlich sah und in seine wartenden Arme zog. Sie hatte das zerstört. Es war schwer gewesen, sich an den Gedanken zu gewöhnen, dass sie nicht die richtige Frau für ihn war, und Verleumdungen Glauben geschenkt hatte, als er sich nichts vorzuwerfen gehabt hatte. Er hatte sie gehen lassen, denn ihr Verhalten hatte ihn schwer getroffen und verärgert. Bis zum heutigen Tag hatte er jedoch keine andere Frau gefunden, mit der er sich eine Ehe hätte vorstellen können. Er wusste nicht recht, ob das daran lag, dass sie seinem Urteilsvermögen und seinem Herzen schweren Schaden zugefügt hatte und er das nicht noch einmal durchmachen wollte, oder – und daran wollte er lieber nicht denken – er nie wirklich über sie hinweggekommen war.

Es war irritierend. Er wollte eine Familie gründen. Er besaß eine hübsche Ranch, auch wenn diese nicht annähernd so weitläufig war wie die der Buckleys. Sie war ausreichend groß um so viel Vieh zu züchten, dass ihm nicht langweilig wurde und er mit den Tieren einen Gewinn erzielte. Und wenn das einmal nicht der Fall war, blieb ihm immer noch der Futtermittelladen. Dieser brachte ordentlich Geld ein. Er mochte nicht so schick sein wie einige der neueren Läden dieser Art im weiteren Umkreis, doch es herrschte eine gewisse Heimeligkeit hier, eine gemütliche Atmosphäre, die den Kunden zu gefallen schien und dafür sorgte, dass sie wiederkamen. Er fürchtete, dass ein Teil dessen verloren gehen könnte, wenn er den Laden übernahm, da die Anwesenheit seines Großvaters dafür ausschlaggebend war. Es war einzigartig, wie er mit den Kunden umging und die Leute liebten ihn. Er wusste nicht, ob er diese Gabe ebenfalls besaß und es ihm ähnlich gut gelänge, die Menschen in den Laden zu locken. Würden sie weiterhin kommen, wenn sein Großvater nicht mehr da wäre? Und was geschähe, wenn er den Laden übernähme, und jemanden einstellte, der ihn führte, damit er selbst mehr Zeit auf seiner geliebten Ranch verbringen konnte? Würde es trotzdem gelingen, den ausgezeichneten Ruf des Ladens zu wahren? Sein Großvater hatte ihm oft erklärt, dass überdurchschnittlicher Service unerlässlich war und sie stets dafür sorgen mussten, dass alles, was ihre Kunden brauchten, vorrätig war oder sie es so schnell wie möglich beschafften, sollte dies einmal nicht der Fall sein.

Er rief sich in diesen Situationen stets ins Gedächtnis, dass sein Großvater an ihn glaubte. Er warf einen Blick auf das weiße, in die Jahre gekommene Haus, das er und Boulder gerade passierten. Es befand sich auf einem kleinen, etwa zehn Hektar großen Stück

Land, das an sein größeres Grundstück grenzte. Hier lebte Lilas Großmutter, seit sie ihren Mann geheiratet hatte. Er entdeckte Lilas roten Jeep im Wendekreis vor dem weißen Haus und drehte seinen Kopf ruckartig wieder nach vorn und starrte geradeaus.

Zwei Meilen weiter bog er in die lange Auffahrt seiner Familie ein und folgte dem hellen Steinweg bis zum Haupthaus, das er übernommen hatte, als seine Eltern in das kleinere Haus ein Stück die Straße entlang gezogen waren, das sie nur gelegentlich nutzten, da sie viel auf Reisen waren. Sein Gramps hatte nie in dem Haus gelebt, das Jace' Eltern nach ihrer Hochzeit errichtet hatten. Er lebte tiefer auf dem Ranchgelände, zwischen zwei Teichen in einer ziemlich großen Hütte, die er über alles liebte. Die Ranch war nicht riesig, doch sie bot ihnen alles, was sie brauchten.

Er fuhr hinter das Haupthaus und parkte den Wagen in der Garage. Die Scheunen und Ställe befanden sich jenseits der großen Kiesfläche, die fast halb so groß wie ein Fußballfeld war. Er schaltete den Motor aus, stieg aus dem Wagen und löste dann die Leine seines Hundes.

Sofort sprang Boulder aus dem Truck und rannte auf die Ställe zu. Auf halbem Weg drehte er sich um und blickte zu Jace zurück.

„Ich komme. Ich brauche einen Ausritt genauso wie du deinen Auslauf, das kannst du mir glauben. Du kannst gleich nach Maulwurfshügeln suchen und nach den lästigen kleinen Viechern graben. Es ist gut, wenn du einen Teil deiner Energie loswirst, bevor wir reingehen." Er betrat den Stall, in dem sein Lieblingspferd untergebracht war. Das Tier konnte seine Box selbstständig verlassen und auf eine kleine angrenzende Weide gelangen, wann immer es wollte.

Cinder hörte ihn kommen; er wartete bereits am Tor des Stalles und streckte ihm seinen Kopf entgegen. Als er Jace erblickte, wieherte er.

„Ja, ich freue mich auch, dich zu sehen, mein Großer. Bist du bereit für etwas Bewegung?"

Anstelle einer Antwort warf Cinder den Kopf in die Höhe, dann wieherte er laut und scharrte auf dem Boden herum.

„Okay, langsam, Kumpel. Ich will auch. Ich muss

dringend auf andere Gedanken kommen, ich bin in den letzten Stunden immer wieder bei derselben Sache gelandet." Das stimmte; den ganzen Tag über war es ihr immer wieder gelungen, in seine Gedanken einzudringen. Was äußerst irritierend war, doch genauso war es. Er ignorierte ein Grummeln in der Magengegend und schob diese Empfindung beiseite. Er würde jetzt nicht wieder an sie denken. Wirklich nicht.

Er schnappte sich seine Satteldecke und das Geschirr und betrat den Stall. Innerhalb weniger Augenblicke war das Pferd bereit für einen Ausritt. Er führte es durch den hinteren Teil des Stalls zum Zaun und öffnete dann das Tor und stieg in den Sattel. Boulder tobte aufgeregt um sie herum, weil er wusste, dass sie gleich aufbrechen würden. Als Jace seinem Pferd die Zügel freigab, bellte der Hund begeistert und rannte wie der Blitz davon.

Die Kühe auf der Weide hoben kaum den Kopf, als der Hund vorbeistürmte, sie waren seine Sperenzchen gewöhnt und all die Herumrennerei, die er jeden Tag brauchte. Er dachte an die Zeit zurück, als er sich in den kleinen Hund verliebt und sich online über diese Rasse informiert hatte. Die Artikel hatten unmissverständlich darauf hingewiesen, dass Weimaraner Besitzer brauchten, die gern draußen unterwegs waren, weil die gutmütigen Familienhunde sehr viel Auslauf benötigten. Jace hatte keine Sekunde gezögert und den Welpen gekauft, in dessen Art, den Kopf schief zu legen und ihn aus seinen hellblauen Augen, die mit zunehmendem Alter Graublau geworden waren, er sich bereits verliebt hatte. Er hatte Boulder mit nach Hause genommen und ihm seinen Namen gegeben. Der Welpe war so aufgeregt gewesen, dass er mehrmals umgefallen und herumgekullert war wie ein kleiner Felsbrocken, sodass ihm der Name Boulder perfekt vorgekommen war. Er hatte mit seinem Hund ein Trainingsprogramm absolviert, das ihnen beiden dabei geholfen hatte, einander kennenzulernen und das ihn gelehrt hatte, was der Welpe brauchte, um gesund und glücklich aufzuwachsen. Wie sich herausgestellt hatte, ähnelten sich ihre Persönlichkeiten: sie benötigten beide viel Zeit im Freien, um Stress abzubauen und jede Menge

Bewegung.

Er bog mit Cinder nach rechts ab, auch wenn er wusste, dass der See, auf den sie zusteuerten, ganz in der Nähe des Hauses von Lilas Großmutter lag. Von dort würde man ihn nicht sehen können, weil ein Hügel das Ufer des kleinen Sees umgab, der ihn gegen Blicke abschirmte. Er musste nur schnell über den Grat kommen, dann wäre alles gut. Er hätte noch weiter nach rechts reiten können; dieser Weg hätte ihn zu ein paar anderen kleinen Seen in der Nähe der Buckley Ranch geführt, aber er hätte auch deutlich mehr Zäune bedeutet, die geöffnet und wieder geschlossen werden mussten und der eingeschlagene Pfad war entspannter. Er freute sich auf den sanften Frieden des langsamen Dahinreitens, darauf, sein Pferd um den See zu lenken, während Boulder umherrannte. Unwillkürlich musste er an all die schönen Momente denken, die er an diesem See mit Lila verbracht hatte.

Sie war über den Zaun gestiegen und vom Haus ihrer Großmutter zum See gejoggt, wo sie sich auf der anderen Seite des Hügels am glitzernden Wasser getroffen hatten. Er wollte nicht, dass seine Gedanken zu diesen Treffen glitten, aber es war zu spät. Sie hatten oft zusammen geangelt, als sie noch jünger gewesen waren und sehr viel Spaß dabei gehabt. Sie liebte das Angeln ebenso sehr wie er. Im Sommer zwischen der achten und neunten Klasse hatte er getan, was er sich schon lange gewünscht hatte. Er hatte sich zu ihr gebeugt, als sie lachte, weil sie einen größeren Fisch gefangen hatte als er, und sie geküsst. Sie hatte aufgehört zu lachen und ganz still dagestanden, ihre Blicke hatten sich getroffen und dann hatte sie breit gelächelt, sich vorgebeugt und den Kuss erwidert.

Von diesem Tag an waren sie ein Paar gewesen. Er hatte sie von Anfang an geliebt… Junge, Junge, was für ein kolossaler Irrtum. Er hatte angenommen, dass sie ihn auch liebte, aber sie hatte diese abscheuliche Lüge, die aus dem Nichts aufgetaucht war und zwischen ihnen gestanden hatte, für bare Münze gehalten. Und ihm war es nicht gelungen, sie vom Gegenteil zu überzeugen.

Er erklomm den Hügel und blickte auf das Haus in der Ferne, das sich auf der anderen Seite des Zauns befand. Er hielt inne und starrte einen Moment in diese Richtung, bevor er das Pferd zügig den Hügel hinuntersteuerte, wo man ihn vom Haus aus nicht mehr sehen konnte. Boulder platschte bereits durch das flache Wasser; es spritzte in die Höhe, das Tier grinste und schnappte nach dem aufstiebenden Wasser. Dann bellte Boulder, das tat er nicht oft, aber wenn er etwas oder jemanden liebte, bellte er, und Boulder liebte diesen Ort.

Genau wie Jace es immer getan hatte. *Und Lila.*

*Woher kamen diese Gedanken? Warum schweiften sie immer wieder zu ihr?*

Er hatte sich lange Zeit nicht gestattet, an Lila zu denken. Er hatte sie nach den Geschehnissen damals gehen lassen und sich deswegen Vorwürfe gemacht. Viele Leute hatten ihn ausgefragt, sein Großvater war einer von ihnen gewesen. Seine Eltern hatten ihn ebenfalls ausgehorcht, doch sein Großvater war am hartnäckigsten gewesen. Er hatte ihm ein ums andere Mal erklärt, dass man manchmal um wichtige Dinge kämpfen musste und wissen wollen, ob er sich sicher war, das Richtige getan zu haben. Eine Zeitlang war er sauer auf Gramps gewesen, doch irgendwann war es ihm gelungen, seinen Groll zu überwinden. Sein Großvater hatte aufgehört, ihn deswegen auszufragen und in den letzten Jahren hatte er das Thema ruhen lassen, sodass sich die Situation weitgehend normalisiert hatte. Nur dass Lila nicht mehr in die Stadt gekommen war.

Er brachte das Pferd am Wasser zum Stehen, ließ die Zügel sinken und nahm den Stetson vom Kopf. Er starrte auf das ruhige Wasser hinaus, doch die glatte Oberfläche des Wasser konnte die sich auftürmenden Wellen des Elends, das er einst verspürt hatte, und die nun zum ersten Mal seit langer Zeit wieder aufbrandeten, nicht beruhigen. Sein Blick glitt zu der am Horizont untergehenden Sonne und er spürte die ihr ausgehende Hitze beinahe körperlich. Er richtete seinen Blick zurück auf den See, wo Boulder durch das knietiefe Wasser raste, ein breites Grinsen auf dem Gesicht, während sein kurzer Schwanz so rasant auf und ab schnellte wie die Hände eines Schlagzeugers, der ein rasantes Tempo anschlug. Seine großen Ohren bewegten sich entsprechend und er bellte. Der Hund liebte es zu laufen und Wasser liebte er auch, dies hier war der perfekte Ort für ihn.

Genauso wie er einst Jace' Lieblingsort gewesen war, verbunden mit nichts als schönen Erinnerungen und Hoffnungen für die Zukunft. Seinen und Lilas.

„Warum um alles in der Welt bist du heute hierhergekommen?", murmelte er vor sich hin und zog damit Boulders Aufmerksamkeit auf sich.

Der Hund beäugte ihn und bellte dann einmal laut, als wollte er sagen: „Du hast es für mich getan."

Und das stimmte. Boulder wusste nicht, dass er früher mit jemand anderem an diesen Ort gekommen war.

# KAPITEL VER

Lila vernahm in der Ferne ein lautes Geräusch, als sie auf Grams rückwärtige Veranda trat. Ihre Großmutter saß im Wohnzimmer und ruhte sich aus, während Lila eine kleine Kanne Kaffee für sie beide kochte. Nur eine Tasse für jede von ihnen, denn sie wollten nicht riskieren, nachts nicht schlafen zu können. Während sie darauf wartete, dass der Kaffee durchlief, war sie nach draußen gegangen und hatte das Geräusch gehört. Es erklang erneut; dieses Mal konnte sie es eindeutig als Bellen identifizieren. Ihr Blick schweifte zum Grat des niedrigen Hügels auf der anderen Seeseite hinter dem Zaun. Jenem Zaun, der das Grundstück ihrer Großmutter von dem von Jace trennte.

Auf der anderen Seite des Grats lag ein kleiner, wunderschöner See. Viele würden sagen, dass es eher ein großer Teich war, aber er war größer als ein Teich, deswegen bezeichnete sie das Gewässer als See. Genau wie Jace. Ihnen beiden hatte der See viel bedeutet und sie hatten sich oft dort getroffen.

*War Jace mit seinem Hund am See?* Sie hatte in Erwägung gezogen, mal dorthin zu gehen, solange sie hier war. Der See war wunderschön und, nun ja, sie verband Erinnerungen mit ihm, an die sie nicht denken wollte, aber sie hatte den See immer geliebt. Sie würde an einem Tag, an dem er auf jeden Fall arbeitete, hinübergehen. Es gab da diese eine Stelle, von der aus man, wenn man am Zaun entlangging, den See beinahe komplett überblicken konnte, dort wo der Hügelkamm fast völlig verschwand. Sie könnte dorthin gehen und sich vergewissern, dass sie den See für sich allein hatte. *Perfekt*. Nachdem dieser Plan stand, ging sie zurück ins Haus und schenkte zwei Tassen Kaffee ein. Später würden sie gemeinsam zu Abend essen und sie und Gram würden sich noch ein wenig unterhalten, bevor sie schlafen gingen. Morgen würde sie im Laden helfen und abends zum Tanz gehen. Dort würde sie ihn wiedersehen – wenn sie nicht schon während der Arbeit erneut auf ihn stieß, was sie nicht hoffte – denn zu dieser Tanzveranstaltung musste sie gehen, daran führte kein Weg vorbei.

*Mit wem würde er dort sein?*

Dieser Gedanke war ganz unerwartet aufgetaucht und beinahe hätte sie nach Luft geschnappt, als sie nach den Kaffeetassen griff. *Es kümmerte sie nicht, mit wem er bei dem Fest erschien. Das könnte sie nicht weniger interessieren.*

* * *

Am nächsten Morgen fuhr Jace in die Stadt und erreichte das Diner um kurz vor sechs, wenn es normalerweise seine Türen öffnete. Boulder hatte sich aufgeregt im Wagen herumgedreht und seine Nase gegen die Heckscheibe gepresst und über die Straße gestarrt – nicht in Richtung Futtermittelladen, sondern zu Josie Jane's Wash and Repeat. Jace ließ ihn in dieser Haltung zurück und betrat das Mulberry Diner.

„Guten Morgen." Red Mulberry strahlte ihn hinter der Theke hervor an. „Ich habe dich erwartet. Das

Übliche? Kaffee und einen Eiermuffin zum Mitnehmen?"

Er trat an den Tresen des noch leeren Lokals, das sich bald mit Stammkunden und den üblichen Wochenendgästen füllen würde. „Das klingt großartig. Ich habe einen Haufen Arbeit vor mir und mein Großvater ist heute noch angeln, er wird dich also nicht stören." Er glitt auf einen der Barhocker und gluckste, als Red lachte.

„Er stört mich nicht, oder zumindest nicht so wie dich. Ist er mit Lew unterwegs?"

„Das stimmt. Und ja, Lew ist bei ihm. Sie haben sich gestern in den rückwärtigen Teil unserer Ranch aufgemacht, um abends zu angeln, dort zu campen und heute in der Früh erneut die Leinen auszuwerfen."

„Dann schließt du also heute den Laden auf. Du kommst abends zum Tanz, oder?" Ruby lächelte strahlend, als sie mit einem großen Blech Muffins, die wie Blaubeermuffins aussahen, aus der Küche kam. Sie öffnete eine Glasvitrine und stellte das Blech mit den Muffins in die zweite Reihe zwischen andere Bleche mit Muffins.

„Ja, Ma'am. Ich werde kommen."

Red und Ruby lächelten gleichzeitig und warfen sich einen Blick zu.

Jace atmete langsam ein, seine Befürchtung schien sich zu bewahrheiten. Sein Großvater war nicht der Einzige, der annahm, dass für ihn und Lila noch Hoffnung bestand.

„Es wird ein guter Tanz", sagte Red. „Ich packe dir deinen Eiermuffin ein."

„Ich kümmere mich um deinen Kaffee." Ruby drehte sich um und griff nach einem großen Pappbecher. „Josie Jane ist begeistert, Lila nach all der Zeit wieder in der Stadt zu haben. Ich habe dich und deinen süßen Hund gestern draußen gesehen." Sie drehte sich zu ihm um und grinste breit, während sie den gefüllten Becher zur Theke trug und ihn vor ihn stellte. „Das war toll. Ein unvergessliches erstes Aufeinandertreffen nach so langer Zeit. So wie Boulder sich benommen hat, hat er sich auf Anhieb in sie verguckt."

Alle wussten, dass Boulder nur die Leute ansprang, die er wirklich mochte. Und die Wucht seines Sprungs hatte Ruby offensichtlich zu dem Schluss gelangen lassen, dass sich Boulder schlagartig verliebt hatte. Als er daran dachte, wie sich das Tier im Auto gebärdet hatte, wie es aufgesprungen war und die Stelle angestarrt hatte, an der es Lila am Tag zuvor begegnet war, spürte Jace, wie sein Kopf zu schmerzen begann. „Er hat sich mitreißen lassen und mich überrascht. Er entriss mir die Leine und ich habe ihn nicht mehr erwischt, bevor er um die Ecke biegen und sich auf sie stürzen konnte."

„Das habe ich gesehen. Es war nett von dir, ihr aufzuhelfen. Hat es dich überrascht, sie nach all den Jahren wiederzusehen?"

Er rieb sich das Kinn und spürte, wie ihn eine Woge des Unbehagens überrollte. Er warf einen Blick in Richtung Küche. „Natürlich. Es ist eine Weile her, aber es schien ihr gut zu gehen." Ihm über den Weg zu laufen hatte ihr jedoch mit Sicherheit nicht gefallen.

„Und sie ist immer noch so hübsch wie eh und je."

Gott sei Dank kam Red in diesem Augenblick mit seiner Tüte aus der Küche und reichte sie ihm. „Danke, ihr beiden." Er stand auf und gab ihnen das Geld. „Stimmt so. Ich mache mich dann mal an die Arbeit. Ich wünsche euch einen großartigen Tag."

Er ging zur Tür und erreichte seinen Truck, noch bevor der morgendliche Ansturm begann. Die ersten Kunden trafen ein, als er die Straße entlangfuhr und dann in die Seitenstraße neben dem Futtermittelladen einbog. Er war gerade noch rechtzeitig wieder gegangen. Auf das Gerede, das Lilas Rückkehr verursacht hatte, war er nicht vorbereitet gewesen.

Er parkte und hakte Boulders Leine ein, denn dieser wartete nur darauf, bei der ersten Gelegenheit aus dem Truck zu springen. Er hielt die Hundeleine fest in der Hand und öffnete die Tür und Boulder sprang sofort über ihn hinweg, an ihm und dem Lenkrad vorbei nach draußen – und wäre gleich weitergestürmt, wenn die Leine ihn nicht zurückgehalten hätte. Sein intelligenter Hund wusste das sehr wohl, aber er war trotzdem gesprungen und wartete nun darauf, dass er ausstieg und mit ihm in die Richtung ging, in die sein Körper und seine Schnauze bereits zeigten.

„Nein, heute nicht." *Das war lächerlich.* Jace schnappte sich seine Tüte und den Kaffeebecher und folgte dem Hund nach draußen, dann schloss er die

Wagentür mit der Hüfte und ging auf den Seiteneingang zu, während sein Hund sich bemühte, ihn davon zu überzeugen, doch den Vordereingang zu benutzen, von wo aus er – dessen war sich Jace sicher – direkt zu der Tür weitergelaufen wäre, an der er sie am Vortag zu Fall gebracht und ihr liebevoll übers Gesicht geleckt hatte.

Sie hatte die Aufmerksamkeit seines Hundes geweckt und ihm selbst erging es nicht anders, auch wenn er das am liebsten geleugnet hätte. Er gestand sich ein, dass er in der letzten Nacht kaum geschlafen hatte, weil seine Gedanken immer wieder zu der wunderschönen Frau geschweift waren. Dass er sie unwillkürlich als wunderschöne Frau bezeichnete, war keinem bewussten Gedanken entsprungen, es war automatisch geschehen, als er sich an die zurückliegende Nacht erinnert hatte. So war es nun einmal. Die Gedanken an sie hatten ihn nicht zur Ruhe kommen lassen. Nachdem er zu Bett gegangen war, hatte er an jene Zeit denken müssen, als sie der Mittelpunkt seines Lebens gewesen war und ihre bloße Anwesenheit ihn mit Freude erfüllt hatte. Mehrmals war er aufgewacht, einmal hatte er so stark gezittert, dass er sich im Bett hatte aufsetzen und mehrmals tief Luft holen musste. Die Erinnerungen an sie hatten eine hoffnungsvolle, mit Liebe erfüllte Zeit vor seinem Auge lebendig werden lassen. Eine Zeit, die er gezwungenermaßen aus seinen Gedanken verbannt hatte, auch wenn es ein Kampf gewesen, den Traum von einem Leben mit ihr hinter sich zu lassen. Offensichtlich gewann dieser innere Kampf nach ihrer Rückkehr in die Stadt an neuer Bedeutung.

Er schob diese Überlegungen beiseite, öffnete die Tür zum Laden und zog Boulder hinter sich her, was sich anfühlte, als würde er sich gegen einen echten Felsbrocken stemmen, der in die entgegengesetzte Richtung rollte, als der Hund mit aller Kraft versuchte, die Straße weiter entlangzugehen und dementsprechend an der Leine zerrte. Nachdem es ihm gelungen war, das Tier nach drinnen zu bugsieren, schloss er die Ladentür und steuerte auf die Tür zu, die in den vorderen Bereich führte. Er löste die Leine und Boulder rannte unverzüglich zum vorderen Fenster und wartete dort auf Lilas Eintreffen.

Jace überließ den Hund sich selbst und bereitete

sich auf die Öffnung des Ladens vor. Nachdem er die Kasse überprüft hatte, warf er einen Blick zum Vorderfenster, wo Boulder seine Vorderpfoten auf das niedrige Fensterbrett gestellt hatte, die Zunge hing ihm links aus der Schnauze, den Blick hielt er unverwandt auf den Bürgersteig ein paar Meter weiter gerichtet. Es bestand nicht der geringste Zweifel daran, auf wen der Hund wartete.

Jace ging durch die Hintertür hinaus und ließ den Hund drinnen. Seine Arbeiter würden jeden Moment eintreffen, genauso wie die Viehzüchter und Bauern, die Futter und Saatgut brauchten und wer weiß, was sonst noch. Sein Gramps sorgte dafür, dass stets alles vorrätig war. Er öffnete das große Tor und schob es auf, gerade als die ersten Trucks an den Straßenrand fuhren und parkten. Seine Angestellten stiegen aus ihren Wägen, grüßten ihn und betraten dann den Hof und die Rampe, bereit, all das nach draußen zu tragen, was die Kunden brauchten. Samstags war meistens viel los und wenn er nach der Anzahl der eintreffenden Trucks ging, würde es heute nicht anders sein. Er ging wieder hinein und in den vorderen Teil des Ladens, wo er die Kunden abkassieren würde, wenn sie mit dem Einladen der Vorräte fertig waren.

Boulder saß immer noch am Fenster. *Den Hund hatte es wirklich erwischt.*

* * *

Am Samstag fuhr Lila mit ihrer Großmutter im alten Truck ihres Großvaters, den er vor Jahren wieder auf Vordermann gebracht hatte, in die Stadt. Gram nahm immer diesen Wagen, wenn sie in die Stadt fuhr, wo sie ihn vor ihrem Laden parkte. Sie liebte dieses Auto, denn es hatte dem Mann gehört, mit dem sie viele glückliche Jahre verbracht hatte. Der Wagen stand für die gleiche Erkenntnis wie die Sachen in ihrem Laden: viele alte Dinge gehörten nicht in den Müll, sondern waren richtige Schätze.

Als Gram den Wagen in die Parktasche steuerte und den Motor ausschaltete, bemerkte Lila eine Bewegung zu ihrer Rechten, die sie zu den schrägen Fenstern und der Eingangstür des Futtermittelladens blicken ließ. Da war wieder dieser große Hund. Seine Füße standen auf dem unteren Rahmen des Fensters und als sie die Tür des Trucks öffnete, sprang das große, muskulöse Tier mit den schlanken Beinen auf seine Hinterläufe und drückte seine Vorderpfoten gegen das Fenster und bellte.

Sie blickte über die Motorhaube des Trucks zu ihrer Großmutter, die den Hund überrascht anstarrte. „Ich glaube, er mag deinen Truck."

„Ich sehe Boulder zum ersten Mal so am Fenster stehen. Dieser Hund hat mich schon unzählige Male vorfahren sehen und steht immer nur dort und beobachtet mich. Aber das da? Meine Güte, er hat seine Vorderpfoten in der oberen Fensterhälfte platziert und sein kurzer Schwanz bewegt sich mit circa hundert Stundenkilometern. Wenn er könnte, würde er wahrscheinlich die Tür aufbrechen, zu dir rennen und dich noch einmal anspringen."

Lila starrte den Hund an. „Meinst du wirklich, er tut das meinetwegen?"

„Sieh dir doch nur das breite Grinsen in seinem Gesicht an und seine Zunge, wie er sie von einer Seite zur anderen schwingt ohne damit aufzuhören. Ich glaube, er mag dich nicht nur – er hat dich richtiggehend ins Herz geschlossen."

Lila musste lachen, als sie ihn ansah. Dieser große Hund hatte sie gestern zu Fall gebracht, er hatte ihr übers Gesicht geleckt und später erneut versucht, zu ihr zu gelangen. „Ich frage mich, warum er mich so mag."

„Vielleicht erkennt er einfach eine großartige junge Frau, wenn er eine sieht." Gram blickte sie mit hochgezogener Augenbraue an und ging dann zur Vordertür des Ladens. Sie grinste sie über ihre Schulter hinweg an, während sie den Schlüssel ins Schloss steckte. „Vielleicht versucht er, seinem Besitzer etwas mitzuteilen."

Sie starrte ihre Großmutter an, die ihr noch ein Grinsen zuwarf, bevor sie das Gebäude betrat und Lila auf der Straße stehen ließ. Sie wollte ihrer Großmutter sagen, dass es nichts mitzuteilen gab, aber sie war bereits verschwunden. Der Hund bellte erneut, anschließend ließ er sich auf seine Vorderpfoten fallen und wiegte den Kopf von einer Seite zur anderen, als winkte er sie herüber. Sie konnte nicht widerstehen; sie trat auf den Bürgersteig, ging bis zu dem Fenster und berührte das Glas mit ihren Fingern. Sofort drückte der Hund seine Schnauze gegen die Scheibe.

„Na du Süßer, ich schätze, du magst mich, nicht wahr?" Sie lachte und dachte für einen Moment darüber nach, den Laden zu betreten und das Tier zu streicheln. Doch das würde sie nicht tun. Sie blickte an dem Hund vorbei und entdeckte Jace. Bei ihrem Anblick wirkte er überrascht und wahrscheinlich war er das auch; bestimmt war er in Richtung Fenster gelaufen, weil er hatte sehen wollen, warum der Hund so aus dem Häuschen war. Sicher war er enttäuscht gewesen, als er festgestellt hatte, dass es nur schon wieder sie war. Sie dachte kurz darüber nach, sich umzudrehen, lief stattdessen aber genau wie er zur Tür des Geschäfts. Jace griff nach dem Halsband des Hundes, um ihn zurückzuhalten, als er die Tür für sie öffnete und sie eintrat. Sie würden einander öfter begegnen, solange sie hier war, also war es wohl am besten, wenn sie zumindest miteinander redeten und dabei ignorierten, was zwischen ihnen geschehen war und nach vorn blicken.

„Dein Hund hat mich überrascht, aber er ist äußerst

freundlich, und ich dachte, ich komme mal vorbei und streichle ihn. Gram sagt, sein Name ist Boulder." Sie betrachtete den schwanzwedelnden Hund. Er war groß, aber nicht riesig. Seine Schultern reichten fast bis zu Jace' Oberschenkeln und Jace war groß – einen Meter neunundachtzig, wenn sie sich recht erinnerte. Das Tier war schlank, verfügte aber über eine breite Brust und sah ziemlich muskulös aus. Seine schlanken Beine ermöglichten es ihm, auf die Hinterbeine zu springen und die Vorderpfoten auf Jace' Schultern zu legen. Bei ihren eins fünfundsiebzig hatten seine Pfoten über ihre Schultern gehangen und sein Gewicht und Schwung hatten sie aus dem Gleichgewicht und zu Fall gebracht.

Heute würde das nicht er geschehen, denn Jace hielt ihn zurück.

„Ja, sein Name ist Boulder. Du hast gesehen, warum", erwiderte er lachend. „Das mit gestern tut mir leid. Du kannst ihn gern streicheln. Ich halte ihn. Er kennt Befehle, aber im Moment würde er nicht auf sie hören. Er ist völlig aus dem Häuschen, wenn du in der Nähe bist. Streichle ihn und schau, ob er sich beruhigt."

Sie streckte beide Arme aus und legte eine Hand

seitlich an seinen Hals; mit der anderen rieb sie ihm die Stirn. Augenblicklich ließ er seine Zunge seitlich aus dem Maul hängen und drückte sich gegen ihre Hand, um die Streicheleinheit bestmöglich genießen zu können. Er schloss seine wunderschönen Augen und sie musste einfach lächeln. Der Hund war unglaublich. „Bisher habe ich mich nicht so sehr für Hunde begeistern können, aber deiner ist wunderbar. Was ist er für eine Rasse?"

„Boulder ist ein Weimaraner oder kurz „Weims". Es sind große Tiere mit sehr viel Energie. Sehr, sehr viel. Man kann überall lesen, dass man sich einen solchen Hund auf keinen Fall zulegen sollte, wenn man keinen Sport mag und nicht sehr viel draußen unterwegs ist. Sie sind fröhlich, sportlich, kuscheln gern und sind kontaktfreudig, aber vor allem lieben sie Bewegung und brauchen diese auch. Wenn sie die nicht bekommen, versuchen sie, ihre Energie auf andere Weise loszuwerden, beispielsweise, indem sie Dinge im Haus auseinandernehmen. Diese Warnung hat auf jeden Fall ihre Berechtigung: Wenn man nicht gern draußen ist, dann ist das nicht der richtige Hund für einen. Du weißt, wie ich bin – als ich ihn als Welpen sah und diese Informationen las, wusste ich, dass er perfekt für mich ist. Ich bin gerne draußen und wenn ich nicht hier im Laden meinem Großvater helfe, bin ich beim Viehhüten, durchstreife das Land, überprüfe Zäune oder umrunde irgendeinen See."

Sie lächelte, denn er unterstrich, was sie über ihn wusste, und der Hund passte genau zu ihm. „Ihr klingt perfekt füreinander."

„Ja. Er ist kein Hütehund, aber er kann trotzdem Rinder führen. Er jagt gern und hat ein besonderes Interesse an allem, was Löcher in Weiden gräbt, besonders Maulwürfe haben es ihm angetan und deren Löcher und Tunnel verursachen Probleme für Rinder, Pferde und Menschen. Aber am liebsten schwimmt er in den Teichen und Seen und rennt am Ufer entlang – eigentlich rennt er überall gern hin und her. Die Jagd auf Waschbären, Opossums und solche Tiere macht ihm größte Freude und er verfolgt sie im Zickzack-Lauf über das Grundstück." Er lächelte sie an. „Bis gestern wusste ich nicht, dass er auch Frauen nachstellt. Das tut mir immer noch leid."

Seine Lippen verzogen sich zu einem strahlenden Lächeln, als sie zu ihm aufsah. Ihr Herz machte einen Satz und sie konnte nicht verhindern, dass sich auch auf ihre Lippen ein Grinsen stahl, während sie Boulders große Ohren rieb. Ohren, die größer waren als ihre Hände. Sie konzentrierte sich auf den Hund, der seinen Kopf von einer Seite zur anderen neigte, während sie über sein kurzes, silbergraues Haar strich. Er blickte sie mit seinen funkelnden blaugrauen Augen an, während er den Kopf bewegte und sie dazu zu bringen versuchte, noch stärker zu reiben. Seine Zunge hing ihm schon wieder aus dem Maul und er setzte dazu an, ihr übers Handgelenk zu lecken.

Sie lachte und schaffte es gerade noch rechtzeitig, es wegzuziehen. „Ich sehe, wie gut ihr zueinander passt.“

Das stimmte. Jace hatte jede Menge Energie, wenn er nicht auf den Weiden unterwegs war, um Zäune zu errichten oder sich um seine Rinder zu kümmern, streifte er auf seinem Pferd übers Land oder angelte. Sie musste daran denken, wie er hinter ihr her über Weiden gestürmt war, während sie lachend versuchte, vor ihm einen vorher vereinbarten Baum zu erreichen. Es hatte ihr nicht das Geringste ausgemacht, wenn er sie vorher einholte und sie lachend zu Boden gefallen waren. Sie versuchte, diesen Gedanken keinen weiteren Raum zu geben, aber jetzt waren sie in ihrem Kopf. Sie holte tief Luft und hielt den Kopf dieses einzigartigen Hundes zwischen ihren Händen. Sie blickte nicht zu Jace auf. Auf keinen Fall durfte er in diesem Moment einen Blick in ihre Augen werfen, denn sie fürchtete, was er mit seinen dunkelbraunen, durchdringenden Augen entdecken könnte, wenn sich ihre Blicke träfen.

„Du bist ein guter Hund, Boulder, und offensichtlich gut darin, deinen Freund hier auf Trapp zu halten. Ich muss jetzt arbeiten. Kümmere dich um deinen Kumpel und sorg dafür, dass er nicht in Schwierigkeiten gerät." Die letzten Worte waren heraus, bevor sie groß darüber nachgedacht hatte und ihr Blick schoss zu Jace. Sie trat einen Schritt zurück in Richtung Tür. „Wie auch immer, ich dachte, es wäre eine gute Idee, kurz vorbeizuschauen und Boulder kennenzulernen. Ich war gestern ziemlich unhöflich, Jace. Was vor Allem daran lag, dass Boulder mich überrascht hat. Und dann du. Ich weiß, dass wir eine gemeinsame Vergangenheit haben, aber die habe ich schon vor langer Zeit hinter mir gelassen. Vielleicht können wir einfach von vorn anfangen und Freunde sein, während ich hier bin und mich um Gram kümmere, und so tun, als wäre all das andere nie geschehen. Offensichtlich hat es nicht sein sollen."

Er rührte sich nicht; er hatte leicht gelächelt, doch nun veränderte sich sein dunkler Blick, so als würde er sich in ihre Gedanken vertiefen. Gedanken, in die er sich ihrer Meinung nach momentan besser nicht vertiefte.

„Du musst nicht antworten", platzte es aus ihr heraus. „Ich gehe zurück in den Laden –"

„Nein, warte. Ich hatte nicht erwartet, dass du das sagst. Aber du hast recht. Deine Gram braucht dich, sie hat dich sehr vermisst. Und… nun ja, okay, wir können Freunde sein. Und die Vergangenheit vergessen. Aber mein Gefühl sagt mir, dass es einige Menschen gibt, die sie noch sehr klar vor Augen haben. Wie auch immer, nur eine kleine Warnung."

„Du meinst Leute wie meine Gram und Ruby?"

„Ganz genau. Ich habe das Gefühl, dass sie wollen,

dass alles so wird wie früher."

Sie streckte die Finger aus und rieb Boulders Stirn, da sich der Hund gegen die Hand wehrte, die ihn am Halsband festhielt. „Nun, ich bin wirklich froh, wieder hier zu sein. Ich habe die Stadt und die Menschen vermisst. Haben sie irgendwelche Vermutungen?"

„Bezüglich uns?"

Sie sah, wie seine Augen bei diesem Wort flackerten. „Ja", erwiderte sie. „Aber es gibt kein *uns*. Gab es all die Jahre nicht und wird es auch nie wieder geben." Das musste sie einfach sagen, nachdem sie kurz diesen Ausdruck in seinen durchdringenden braunen Augen gesehen hatte. Er musste wissen, dass sie nicht zurückgekommen war, um das zwischen ihnen auf irgendeine Art und Weise neu zu beleben. Auch wenn da gestern plötzlich diese Spannung gewesen war; jetzt, wo er es ausgesprochen hatte, musste sie die Dinge klar und deutlich benennen. Auch wenn sie den Verdacht hegte, dass Gram und Ruby andere Vorstellungen hatten.

„Mach dir keine Sorgen. Ich werde dir nicht in die Quere kommen. Ich werde mein Möglichstes tun, meinen Hund von dir fernzuhalten. Wenn es ihm trotzdem irgendwie gelingen sollte, sich loszureißen und er noch einmal auf dich zustürmt, dann sag streng *Runter*. Okay?"

Sie nickte. „Okay, mache ich. Dann gehe ich jetzt mal an die Arbeit. Gram meinte, samstags ist immer noch genauso viel los wie früher. Da sie nur auf ihrem Stuhl sitzen soll, muss ich mich darum kümmern, dass alles bereit ist. Und wie gestern auch muss ich dafür sorgen, dass sie auch wirklich sitzen bleibt."

Sie öffnete die Tür und trat hinaus.

„Wenn du irgendetwas brauchst, ich bin hier", rief er ihr nach. „Ich weiß, dass Gram etwas dickköpfig sein kann und womöglich doch tut, wonach ihr der Sinn steht. Sag mir gern Bescheid."

Sie blickte zu ihm zurück. „Danke, das werde ich tun. Ja, Gram hat schon immer getan, was sie wollte, und wenn sie in einem Regal etwas entdeckt, das ein Kunde möchte, und ich mit etwas anderem beschäftigt bin, wird sie es selbst holen wollen. Ich werde aufmerksam sein und möglicherweise nach dir rufen. Danke, das wäre ganz wie früher, nicht wahr?"

Er gluckste und das Geräusch hallte durch sie hindurch, genau wie in alten Zeiten. „Ja, das weckt viele Erinnerungen."

Sie zog die Tür zu und ging fort ohne sich noch einmal umzusehen. Sie hörte hinter sich den Hund bellen, als Erinnerungen, an die sie nicht denken wollte, in ihr Bewusstsein drängten.

# KAPITEL FÜNF

Jace ließ die Heckklappe seines Trucks herunter, sodass sie an die rechteckige, verzinkte Tränke kamen, die auf der Ladefläche lag. Sein Freund Zack Buckley griff nach dem Griff auf seiner Seite und Jace packte den anderen und gemeinsam zogen sie sie zur Heckklappe. Sie hatten die Tränke aus dem Futtermittelladen mitgenommen, um sie im Gemeindezentrum mit Eis zu füllen und zum Kühlen von Getränken zu nutzen. Anschließend käme sie zurück in den Laden, um als Viehtränke oder Ähnliches verkauft zu werden.

Anstatt den Behälter auf den Boden zu heben, sah Jace seinen Freund an. „Gehst du mit jemandem aus?" Zack ging nicht oft auf Dates, doch Jace war das Gerücht zu Ohren gekommen, dass sein Kumpel jemanden traf.

„Nein. Ich weiß nicht, wer dieses Gerücht ins Leben gesetzt hat, aber es stimmt nicht. Ich habe im Moment keine Zeit für Verabredungen und genau wie du habe ich auch kein Interesse daran. Wenn man einmal bis ins Mark getroffen wurde, ist es schwierig, wieder damit anzufangen. Du weißt so gut wie ich, dass eine Rückkehr zum Daten manchmal einfach nicht in Frage kommt."

Ja, das wusste er wirklich. Und genau aus diesem Grund hatte er wissen wollen, was an dem Gerücht dran war, das er heute im Futtermittelladen gehört hatte. Nach all dem, was kurz vor seiner Hochzeit mit Lila geschehen war, war er nur selten ausgegangen. Zack und er hatten Unterschiedliches erlebt, doch schlussendlich waren sie beide allein gewesen. Zack hatte seine Verlobte mit einem anderen Cowboy erwischt, als er unerwartet aufgetaucht war und hatte seither nicht einmal über einen neuen Versuch nachgedacht.

Jace seufzte. „Ich weiß, was du meinst. Ich habe es versucht und bin mit ein paar Frauen ausgegangen, aber ich habe es schnell wieder sein lassen. Ich hatte kein Vertrauen mehr, und fürchtete, dass man wieder auf meinen Gefühlen herumtrampelt, wenn ich welche zulasse." Zack war der Einzige, dem er anvertraut hatte, wie es ihm ging, als Lila den scheußlichen Schilderungen geglaubt hatte.

Zack verlagerte das Gewicht der Tränke. „Geht mir genauso. Ich glaube, ich kann mich nur neu verlieben, wenn jemand zur Tür hereinkommt und mich völlig von den Socken haut – es müsste sich geradezu weltbewegend anfühlen, denn ich habe absolut kein Interesse daran, mich überhaupt umzuschauen. Ach ja, ich hörte, dass Lila wieder in der Stadt ist. Geht's dir gut?"

Er zuckte mit den Schultern. „Sie hilft ihrer Großmutter, mir ist das egal."

„Hey, ich war dabei, als alles geschah, und ich hätte dein Trauzeuge sein sollen. Ich habe miterlebt, wie du reagiert hast und beobachtet, wie du dich in den folgenden Jahren immer mehr zurückgezogen hast und nicht zulassen konntest, eine neue Frau kennenzulernen. Und wie gesagt, ich verstehe das gut. Aber ich frage mich schon, wie es dir nach all der Zeit damit geht, dass sie zurück ist."

Der Druck, der sich den ganzen Tag über in seiner Magengegend aufgebaut hatte, seit er Lila am Morgen in seinem Laden gegenübergestanden hatte, verstärkte sich und er schlug sich mit der Hand gegen den Oberschenkel. „Es war schwer, als sie damals all diese abwegigen Dinge über mich geglaubt hat. Ich dachte, sie kennt mich. Du weißt das, wir haben darüber gesprochen. Ich dachte, sie liebt mich und nahm an, sie kennt mich, doch beim kleinsten Hinweis darauf, dass ich eine Affäre mit– nun ja... Lila hat einfach ihre Sachen gepackt, sie ist abgereist und nie wieder zurückgekommen. Womöglich bin ich diesbezüglich etwas unversöhnlich, das kann sein. Aber sie ist heute Morgen vorbeigekommen, um mit mir zu reden." Der plötzlich glücklichere Gesichtsausdruck seines Freundes entging ihm nicht. „Hey, guck nicht so."

„Tut mir leid. Ich weiß, ich habe gesagt, mir geht es wie dir. Aber ich dachte damals wirklich, dass ihr beide perfekt füreinander seid. Wie alle anderen auch fand ich es traurig, dass ihr euch auf diese Weise getrennt habt. Aber ich verstehe, was du meinst. Sie hat dich geliebt und dir dann nicht geglaubt – ich bin da ganz bei dir. Wahrscheinlich würde es mir ebenso schwerfallen, ihr zu verzeihen, dass sie all den Lügen Glauben geschenkt hat." Er hielt inne und neigte seinen Kopf zur Seite, dann blickte er ihn forschend an. „Sie ist also heute Morgen in den Futtermittelladen gekommen?"

„Sie kam rein, um Boulder zu streicheln. Gestern hat er sich losgerissen, als ich aus dem Truck stieg, und ist um das Gebäude herumgerannt. Ich habe noch versucht, ihn zu erwischen, aber er rannte wie der Blitz um die Ecke. Als ich ihm nachlief, sprang er gerade eine Frau an – Lila. Es war, als hätte er etwas wahrgenommen, das ihm gefiel, und er rannte los, um es zu finden. Er hatte seine Vorderpfoten auf ihre Schultern gestemmt, als ich um die Ecke bog, und sie ging unter dem Schwung seines Ansturms zu Boden. Als ich die beiden erreichte, leckte er ihr gerade seitlich übers Gesicht und ich zog ihn weg. Du hättest ihren Gesichtsausdruck sehen sollen, als sie sah, wer ihn von ihr gezogen hatte. Keine Ahnung, wie ich in diesem

Augenblick aussah, als ich sie zum ersten Mal nach all den Jahren wieder vor mir hatte. In einer Million Jahren hätte ich nicht damit gerechnet, ausgerechnet sie zu erblicken, als ich ihn zurückzog."

Zack hatte begonnen zu lachen. „Wow. Was für eine Vorstellung."

„Ja, es war nicht schön – nun ja, sie war natürlich ohnehin nicht besonders erfreut und es wurde nur schlimmer, als sie mich erblickte. Wir haben ein paar Worte gewechselt, ich weiß nicht einmal welche genau, dann ging sie stirnrunzelnd hinein. Was für mich völlig in Ordnung war, ich wollte auch nicht länger da draußen stehen und reden. Es war schwierig. Heute Morgen positionierte sich Boulder am vorderen Fenster und hielt nach ihr Ausschau. Ich habe es sofort bemerkt, als sie vorfuhr. Der Hund ist völlig ausgeflippt. Sie kam zum Fenster und sah ihn an, wahrscheinlich war sie neugierig, und ungefähr zeitgleich näherte ich mich ebenfalls dem Fenster, weil ich nachschauen wollte, ob Boulder wirklich die Person entdeckt hatte, die ich mir vorstellte, und auf einmal starrten wir einander an." Er schüttelte den Kopf und hielt inne, als er an diesen

Moment dachte.

Erneut begegnete er Zacks durchdringendem Blick. „Als sie mich sah, wandte sie sich nicht ab, sondern überraschte mich, indem sie zur Tür schritt und in den Laden kam."

„Interessant" ließ Zack hören.

„Hey, theoretisch kam sie, um den Hund zu streicheln… und dann meinte sie, dass wir besser vergäßen, was geschehen sei und gut daran täten, Freunde zu sein, solange sie in der Stadt ist. Sie wies darauf hin, dass unsere Großeltern uns brauchen und wir mit unserer Vergangenheit keine Spannungen erzeugen sollten."

„Wow. Und was hast du gesagt?"

Jace zog die Brauen zusammen. „Ich habe zugestimmt. Was hätte ich sonst tun sollen?"

„Werde nicht sauer. Ihr habt euch also darauf geeinigt, euch die Ereignisse der Vergangenheit nicht vorzuwerfen?" Zack stützte einen Ellbogen auf den Rand der Tränke und neigte seinen Kopf mit dem Cowboyhut zur Seite, während er ihn mit seinem Blick durchbohrte.

„Ja, darauf haben wir uns geeinigt… ich meine… das konnte ich ihr nicht verwehren, sie musste herkommen und ihre Großmutter besuchen und sie sollte das öfter tun. Ihre Gram vermisst sie. Diese Sache zwischen uns, die ihr offensichtlich weder damals noch heute wichtig genug erschien, um darüber zu sprechen… ich denke, wir müssen sie einfach unter den sprichwörtlichen Teppich kehren und weitermachen."

„Nichts von all dem, was du gerade gesagt hast, kam mir besonders gewichtig vor."

Jace warf seinem Freund einen finsteren Blick zu. „Worauf willst du hinaus?"

„Ich meine, du hast nicht gesagt, dass du das tun *wolltest*, sondern dass es das war, was du oder sie tun *musste*. Du bist mein Freund, mein Kumpel, und ich glaube, sie bedeutet dir immer noch etwas. Und sie ist wieder in der Stadt, warum packst du die Gelegenheit nicht beim Schopf und bringst in Erfahrung, ob sich die Dinge vielleicht heute anders darstellen als damals?"

Mit klopfendem Herzen blickte Jace über die Weide, die sich an den rückwärtigen Bereich des Gemeindezentrums anschloss. Seine Gedanken wirbelten und er versuchte, die Gedanken zu unterdrücken, die durch Zacks Worte an die Oberfläche seines Bewusstseins stiegen. Er wollte sich nicht mit ihnen beschäftigen. Konnte es nicht.

„Komm schon, Mann. *Sprich mit mir*", ermutigte ihn Zack.

Er starrte seinen Freund an und sprach dann, ebenso sehr für sich selbst wie für Zack: „Diese Gedanken sind zu schwer. Sie hat Abscheuliches über mich gedacht. Sie hat die Zeit zerstört, die die glücklichste unseres Lebens werden sollte, weil sie das Schlimmste von mir annahm. Wie soll ich das jemals hinter mir lassen?"

Zack lächelte. „Es wird dir gelingen, weil du Jace Calhoun bist. Sieh mal, was ich vor ein paar Minuten gesagt habe, darüber, dass wir uns ähnlich sind… es gibt einen Unterschied zwischen uns. Ich weiß, was Du-weißt-schon-wer mir angetan hat. Ich musste keine Vermutungen anstellen, ich habe es direkt vor mir gesehen, als ich die Tür öffnete und sie mit ihm überraschte. Sie konnte es nicht leugnen und tat es auch nicht – nein, sie hat noch darüber gelacht. Ich denke, emotional hast du damals dasselbe gefühlt wie ich, aber

Lila hatte nicht dieselben Beweise wie ich. Sie weiß nicht sicher, dass du dasselbe getan hast wie meine Ex. Und du kannst es nicht wissen… vielleicht hat sie in der Zwischenzeit auch Zweifel. Und wenn nicht, solltest du vielleicht mit ihr sprechen und ihr klar machen, dass es nicht so gewesen ist wie sie denkt. Und dass das auch niemals hätte geschehen können, weil du nur sie wolltest, deine große Liebe und zukünftige Ehefrau. Und ich glaube, du willst sie vielleicht immer noch, liebst sie immer noch. Okay, das musste ich einfach sagen, andere Sachen habe ich schließlich auch geäußert. Komm, jetzt lass uns diesen Trog nach drinnen bringen. Ich bin auf deiner Seite, so oder so – ich wollte nur mit dir darüber reden."

Jace hob seine Seite der Tränke an. „Ja, los geht's. Und danke. Ich weiß, dass du das nicht gesagt hast, um mich zu ärgern. Wir werden sehen. Vielleicht muss ich in Ruhe darüber nachdenken. Ich habe ohnehin zugestimmt, das alles hinter mir zu lassen. Egal, lass uns das Ding hier nach drinnen schaffen. Und vielleicht sollten wir beide heute Abend ein wenig tanzen – wir könnten beide zumindest mit einer Frau tanzen anstatt wie üblich am Rand der Tanzfläche herumzustehen und den anderen beim Tanzen zuzusehen. Früher haben wir schließlich auch mitgemacht. Also, was meinst du – wir tanzen beide mindestens einen Tanz?"

Zack begann, in Richtung Eingang zu gehen. „Ich weiß nicht, vielleicht… okay, ich sag dir was…, wenn ich mit jemandem tanze und du das Gleiche tust, können wir zumindest sagen, dass wir es versucht haben."

Jace grinste. „Deal. Ich mache es und du auch. Wir sind alt genug, um einen Tanz zu überleben."

Er hatte einiges durchgemacht, konnte er nach all den Jahren wirklich herauszufinden, ob Lila ihm endlich glaubte?

* * *

Die Band probte bereits, als Lila auf die Uhr blickte. Sie hatte gerade eine Kiste mit Limo-Dosen auf den Tisch gestellt, neben dem der metallene Trog stehen würde, in welchem sie die Getränke kühlen würden. Sie würde mit dem Auspacken der Getränke beginnen, während sie auf die Anlieferung des Behälter wartete, in den die

Auswahl an alkoholfreien Getränken für alle käme. Ihr gefiel, dass es nur alkoholfreie Getränke geben würde, denn dies war ein Event für alle Altersgruppen. Wer Alkohol wollte, musste ihn selbst mitbringen und draußen konsumieren. Ihr machte das nichts aus, sie trank nicht mehr als ab und zu ein Glas Champagner zu besonderen Anlässen; meist hielt sie sich an Wasser mit Zitrone und ihren morgendlichen Kaffee. Es störte sie nicht, wenn die Leute ab und zu etwas tranken, doch dieser Tanz war nicht ausschließlich für Erwachsene; Kinder verschiedenen Alters würden ebenfalls daran teilnehmen, vom Kleinkind bis zum Teenager wäre alles vertreten. Was für ein geselliger Abend das werden würde! Sie erinnerte sich an ähnliche Veranstaltungen als sie noch jünger gewesen war und ihr Blick glitt automatisch über den Tisch hinweg zur Tanzfläche. Die Lichter waren ähnlich aufgehängt wie früher, sodass sie funkeln würden, wenn die Musik spielte. Sofort musste sie an das erste Mal denken, als sie hier auf dieser Tanzfläche mit Jace getanzt hatte.

Abrupt drehte sie sich um und blickte in Richtung Hintertür, durch die in diesem Moment niemand anderes als Jace das Gebäude betrat. Er half beim Tragen des Gefäßes, auf das sie wartete. Ihre Blicke trafen sich und unvermittelt durchfuhr sie ein elektrischer Schlag, so musste es sich anfühlen, wenn man vom Blitz getroffen wurde. Ihr stockte der Atem, so überwältigend war die Empfindung. Sie versuchte, ihre Augen von seinen zu lösen, doch das gelang ihr nicht, es war, als hätte die elektrische Entladung ihre Blicke miteinander verschmolzen. Ihre Haut kribbelte und ihr Magen machte einen Satz. *Das war nicht gut. Oh, ganz und gar nicht.*

„Hallo, Lila. Ich habe gehört, dass du in der Stadt bist." Sein Kumpel, der mit ihm die Tränke zu ihr brachte, grinste sie an. Da sie das Gefäß zwischen sich trugen, blickten sie beide in ihre Richtung, als sie auf sie zukamen.

Glücklicherweise gelang es ihr endlich, den Blick von Jace zu lösen und sie blickte von ihm zu seinem Begleiter. „Zack Buckley, wie geht es dir?" fragte sie lachend – vor Erleichterung und aus Freude darüber ihn zu sehen. Sie hoffte, dass weder ihm noch Jace ihr erstarrter Blick aufgefallen war, der so unverwandt auf

Jace gehaftet hatte.

Zack grinste, offensichtlich war ihm ihr Blick nicht entgangen. „Mir geht's gut. Du siehst toll aus. Sag uns, wo wir das Ding hinstellen sollen."

„Neben den Tisch. Anschließend gehe ich Eis holen…"

„Nein, nein", unterbrach sie Zack. „Wir kümmern uns um das Eis und bringen es her. Du kannst solange die Limos auspacken und auf ihr kühles Bad vorbereiten. Wenn in dreißig Minuten alle eingetroffen sind, werden sie schön kalt sein." Er stellte sein Ende der Wanne auf den Boden, und während Jace es ihm gleichtat, streckte Zack die Hand aus und zog sie in eine Umarmung. „Schön dich zu sehen. Es ist lange her, zu lange. Ich hoffe, du hast einen schönen Abend, es wird sicher lustig." Er ließ sie los, grinste sie an und ging dann in Richtung Küche davon.

Jace blieb an seinem Ende des Trogs stehen und blickte etwas unbehaglich drein, ganz wie sie sich fühlte.

Sie fuhr sich mit der Hand durchs Haar. „Danke, Jace. Ihr müsst das Eis nicht hereintragen."

Er neigte seinen Kopf Richtung Küche. „Er hat recht. Du musst nicht das ganze Eis herschleppen. Wir haben uns als Helfer gemeldet, also werden wir auch helfen. Deine Großmutter freut sich bestimmt über deine Unterstützung. Hat sie sich irgendwo hingesetzt?"

Sie nickte zur Küche und schürzte die Lippen. „Sie sitzt dort am Tisch und bereitet eine Art Vorspeise mit Käse und Tortillas zu … glaube ich zumindest… irgendetwas in der Art… und sie und Ruby reden ohne Unterlass. Ich weiß nicht, ob die beiden jemals aufhören zu sprechen, wenn sie zusammen sind."

Er gluckste. „Ich weiß genau, wovon du redest. Die beiden verbindet eine besondere Freundschaft. Die Stadt verdankt den beiden viel. Sie sind Bestandteil unglaublich vieler meiner Erinnerungen. Anlässe wie dieser, voller Spaß, bei denen sie stets dafür sorgen, dass jeder zu essen hat und sich amüsiert. Wenn jemand krank wird, sorgen sie ebenfalls dafür, dass derjenige Essen bekommt. Gramps sagt, sie helfen ständig anderen, auch hinter den Kulissen. Sie haben ein Herz aus Gold und ich helfe ihnen gern bei den

Vorbereitungen für dieses Fest und wenn es nur darum geht, ein Behältnis hereinzutragen und Eis zu holen." Er grinste und ihr Puls beschleunigte sich erneut.

„Zwei vom selben Schlag", brachte sie hervor und konzentrierte sich auf Gram und Ruby und nicht auf ihren rasenden Herzschlag. „Zwei wunderbar freundliche und ermutigende Damen. Ich habe sie wirklich vermisst. Es wird schön sein, ihnen den Abend über dabei zuzusehen, wie sie sich auf ihren Stühlen am Erfrischungsstand mit allen unterhalten, die stehenbleiben und Hallo sagen."

„Das stimmt. Gramps wird jeden Moment hier sein, er passt sehr gut zu ihnen. Er und einige seiner Freunde. Die beiden stechen aus der Masse hervor. Wie auch immer, ich bin froh, dass wir uns kurz unterhalten konnten. Ich hoffe, zwischen uns gibt es keine Spannung mehr oder etwas in der Art. Es freut mich, dass wir heute Morgen darüber gesprochen haben."

Sie schluckte und sah ihn mit festem Blick an. „Mich auch. Und mir geht es gut. Danke."

Er winkte und drehte sich dann in Richtung Küche

um und lief dorthin. Sie sah ihm nach. Die Heftigkeit ihres Herzschlags erschreckte sie. Als er durch die Tür verschwand, wirbelte sie zum Tisch herum, starrte auf die Getränke und versuchte, wieder einen klaren Kopf zu bekommen. *Sie fühlte nicht, was sie gerade zu fühlen geglaubt hatte. Das hatte sie sich nur eingebildet.*

* * *

„Jace, komm her und umarme mich", rief Josie Jane, sobald er die Küche betrat und winkte ihn zu sich. „Habt ihr Jungs euch mit meiner Lila unterhalten? Danke, dass ihr ihr mit dem Eis helft."

Jace ging zu ihr und umarmte sie. Dann richtete er sich auf und blickte auf sie herab. „Ja, die Getränke können jetzt kaltgestellt werden, deswegen bringen wir ihr das Eis und schütten es in die Wanne. Ich weiß, dass das heute Abend eine tolle Party wird. Ihr zwei veranstaltet seit vielen Jahren umwerfende Feste."

„Wir geben uns Mühe." Josie Jane strahlte ihn an.

„Ja, das tun wir", stimmte Ruby zu, die auf dem

Weg zum Kühlschrank an ihnen vorbeikam.

Er umarmte auch sie kurz.

„Es scheint so, als hätten alle ihren Spaß, denn unsere Feste sind immer gut besucht", fügte Josie Jane hinzu. „Sobald mir meine Hüfte, ich meine mein Rücken, keine Probleme mehr macht, werden wir weitere Veranstaltungen planen. Uns ist langweilig und es ist an der Zeit, dass es wieder so wird wie früher. Falls ihr euch genauso für Tanzpartys und Feste interessiert, wie wir es getan haben, als ihr alle noch jünger wart. Allerdings ohne dass ihr dabei wieder aus Riesenrädern baumelt."

Zack lachte, als er den Gefrierschrank öffnete. „Oh wow, das war ein Spaß!"

Jace grinste. „Daran erinnere ich mich noch gut. Wir Jungs hatten immer eine Menge Spaß mit den Fahrgeschäften. Und manchmal haben wir ein bisschen über die Stränge geschlagen."

Josie Jane schlug sich lachend auf den Oberschenkel. „Ihr Jungs neigtet dazu, es manchmal etwas zu übertreiben. Aber inzwischen seit ihr erwachsen und wir gehen davon aus, dass ihr euch nicht mehr aus euren Riesenradsitzen schwingt um herauszufinden, wer am schnellsten nach unten klettern kann. Gott sei Dank habt ihr das an einem kleineren Riesenrad ausprobiert und nicht an einem dieser gigantischen Dinger."

„Ich gebe euch recht, ich, Zack und seine Cousins und Brüder haben es damals ganz schön wild getrieben. Dass wir dachten, etwas derart Gefährliches könnte lustig sein."

Zack lachte laut auf. „Nun, Gott sei Dank bist du lebendig unten angekommen und ohne dir etwas zu brechen. Aber du hast etwas zu früh losgelassen."

Das stimmte. Er war an den beweglichen Metallstreben heruntergeklettert und noch etwas zu hoch gewesen, als er beschlossen hatte, seinen Griff zu lockern und sich fallen zu lassen, um sich so den Sieg zu sichern. Er hatte sich beide Knöchel verstaucht und die nächsten vier Wochen sitzend verbracht. „So etwas tue ich heute nicht mehr. So lange herumzusitzen und nichts tun zu können, hat mich wahnsinnig gemacht, bis mein Gramps begann, mich Tag um Tag abzuholen und in den Futtermittelladen zu tragen. Es hat mich gewurmt, nicht auf meinen Pferden reiten oder beim Hüten der Kühe helfen zu können. Ich habe meine Lektion gelernt." Das hatte er. Nie wieder war er ein solch unverantwortliches Risiko eingegangen. Noch heute war er dankbar, dass er sich nur die Knöchel verstaucht hatte. Das viele Sitzen im Laden seines Großvaters war erträglicher gewesen, weil Lila oft vorbeigekommen war und ihm Gesellschaft geleistet hatte. Sie hatte sichergestellt, dass er nicht einsam war. Er verdrängte diese Gedanken.

„Okay, wir schaffen jetzt das Eis nach draußen und sorgen dafür, dass die Party beginnen kann. Lila wartet auf uns." Er ging zum Gefrierschrank und Zack folgte ihm. Sie griffen beide nach jeweils zwei Beuteln Eis und gingen dann gemeinsam zurück in den Hauptraum. Und da war Lila.

Sie hatte die Plastikfolien von den Gebinden entfernt und wartete darauf, die Dosen im Eis versenken zu können. In ihrem roten Kleid und den Sandalen sah sie wirklich hübsch aus. Richtig hübsch. Großartig…

Er dachte besser nicht weiter darüber nach, wie gut sie aussah, sondern lieber daran, wie glücklich ihre Anwesenheit ihre Großmutter machte. Und daran, dass er sich selbst im Moment auch irgendwie glücklich fühlte, verschwendete er erst recht besser keinen Gedanken.

# KAPITEL SECHS

Als Zack damit fertig war, das Eis in den dafür vorgesehenen Behälter zu schütten, ertappte er seinen Kumpel dabei, wie er Lila ansah. Er sah sich in seiner früheren Vermutung bestätigt – Jace interessierte sich immer noch für Lila... vielleicht war er sogar immer noch in sie verliebt. Und wenn er das Funkeln in ihren Augen richtig deutete, hatte auch sie immer noch Gefühle für Jace. Er hatte die Art und Weise, wie es zwischen den beiden zu Ende gegangen war, immer bedauert. Es war sein Ernst gewesen, als er Jace dazu angehalten hatte, ihr klarzumachen, dass ihre Annahmen von damals nicht der Wahrheit entsprachen. Er wusste, wie es sich anfühlte, betrogen zu werden und war dieses Risiko nie wieder eingegangen. Er hatte einmal geliebt und war hintergangen worden und das würde ihm nicht noch einmal passieren. Vielleicht fühlte Lila ebenso, aber sie war im Unrecht, im Gegensatz zu seiner Ex liebte Jace sie und hätte niemals auch nur an eine Affäre gedacht.

Doch er hatte Jace' Vorschlag zugestimmt und so würden sie an diesem Abend beide mit jemandem tanzen. Und er wusste schon, mit wem er tanzen würde. „Okay, ist das genug Eis?"

Jace war mit dem Verteilen der Eisstücke fertig und blickte von ihm zu Lila. „Im Gefrierschrank ist mehr, falls du mehr brauchst. Wir können es holen."

Lila lächelte. Sie war wirklich eine schöne Frau und ihr Blick wanderte von ihm zurück zu Jace. „Ich denke, das sollte reichen. Wenn ich die Getränke hineintue, wird die Wanne gut gefüllt sein." Sie griff nach den ersten Dosen und versenkte sie im Eis. „Ich danke euch."

„Ich muss noch ein paar Dinge erledigen, aber Jace, warum bleibst du nicht noch und hilfst ihr? Das sind eine ganze Menge Dosen, die gekühlt werden müssen und falls sie noch mehr Eis braucht, kannst du es holen. Es war wirklich schön, dich zu sehen, Lila. Ich denke, die Leute werden jeden Moment eintreffen. Nicht mehr lange und die Party wird in vollem Gange sein." Er ließ ihnen keine Zeit, etwas zu erwidern – Zustimmung oder Protest – und drehte sich auf der Stelle um und ging zum Hinterausgang. Er war auf einer Mission.

Seine Brüder und Cousins waren eingetroffen und damit beschäftigt, im rückwärtigen Bereich Heuballen zu positionieren, auf denen sich die Leute entspannen konnten, wenn sie nach draußen kamen, um eine Pause zu machen oder frische Luft zu schnappen. Sie hatten sich dem Anlass entsprechend gekleidet und hoben die Ballen von den Ladeflächen ihrer Trucks um sie auf dem Hof zu arrangieren. Zwei Ballen bildeten jeweils die Ecke eines Rechtecks. Das hatten sie schon so oft getan, dass ihnen niemand Anweisungen zu geben brauchte. Was bedeutete, dass außer ihm niemand in der Nähe war. Perfekt.

Er stellte sich in ihre Mitte und winkte sie zu sich. „Hey, kommt alle mal her. Ich brauche heute Abend eure Hilfe."

Seine Brüder Ryder und Dustin standen am nächsten und traten näher.

„Was ist los?", wollte Dustin wissen.

„Kommt her, macht schon." Er bedeutete den anderen, sich ebenfalls zu ihnen zu gesellen.

Seine Cousins, Ace und Hunter, ließen ihre Ballen fallen und kamen zügig herüber. Seine Brüder Caleb und West erreichten ihn fast gleichzeitig. Zack grinste sie an und blickte dann zum Hintereingang des Gebäudes, um sicherzustellen, dass Jace ihm nicht gefolgt war. Das war er nicht und das war auch gut so. „Okay, Leute, hört zu, erinnert ihr euch noch daran, dass Jace mit Lila, Miss Josie Janes Enkelin, verlobt war und die beiden heiraten wollten, doch dann hat sie Schluss gemacht und ist nach Hause zurückgekehrt?"

„Ja, wir erinnern uns", sagte Hunter und die anderen stimmten ihm zu.

„Okay, hier ist der Plan. Nach all den Jahren ist sie zurück in der Stadt, um ihrer Großmutter zu helfen. Jace und ich haben den Behälter fürs Eis gebracht und sie füllt ihn gerade mit Getränken. Ich habe mich kurz mit Jace unterhalten, bevor wir hineingegangen sind und sie dort stehen sahen. Ich sage euch, Jace liebt sie immer noch. Wie ihr wisst, ist er seitdem nur auf ein paar Dates gegangen, bis er irgendwann völlig damit aufgehört hat. So wie ich… aber ich hatte gewichtige Gründe dafür. Ich denke, er muss sie endlich damit konfrontieren, dass es nicht so war wie sie glaubt. Ich weiß nicht, wie um alles in der Welt sie das annehmen konnte, aber das muss ich auch nicht. Aber ich möchte ihnen zumindest die Chance geben, darüber zu reden. Und da kommt mein Plan ins Spiel. Bevor wir reinkamen, haben wir uns gegenseitig versprochen, nicht länger nur am Rand der Tanzfläche herumzustehen, sondern mindestens eine Dame zum Tanzen aufzufordern. Ich habe beschlossen, Lila zu fragen, und hoffe, dass ihr sie ebenfalls zum Tanzen auffordert."

Auf den Gesichtern seiner Brüder und Cousins machte sich ein Lächeln breit, als sie verstanden. Er gluckste. „Ich bin gespannt darauf, wie Jace reagiert, wenn sie den ganzen Abend durchtanzt. Meiner Meinung nach wird er beschließen, einzugreifen, zu ihr gehen und sie ebenfalls auffordern, wenn er immer noch interessiert ist. Und vielleicht werden wir dann erleben, dass ihre Romanze wieder auflebt. Und wenn nicht, beginnt er vielleicht trotzdem wieder zu daten, zumindest hoffe ich das.“

Ryder grinste. „Ich finde die Idee cool. Ich habe sie bereits gesehen, sie ist noch genauso hübsch wie eh und je. Und ich weiß nicht, aber ich würde schon gerne mit ihr tanzen.“ Sein Grinsen wurde breiter.

Zack starrte seinen älteren Bruder an, der es zu seinem Hobby gemacht hatte, mit vielen Frauen auszugehen. „Hey, denk nicht mal dran. Nur ein Tanz, okay? Nicht mehr, Alter. Sie ist für uns alle tabu.“

Ryder lachte. „Ich mache nur Spaß. Sie war für uns immer wie eine Freundin und ich bin froh, dass sie wieder in der Stadt ist. Ich weiß, dass ihre Großmutter ganz aus dem Häuschen ist. Ich bin dabei. Wie sieht es mit euch aus?“

Calebs Lächeln wurde noch breiter und seine grünen Augen tanzten – wie immer war er zu einem Spaß aufgelegt. „Ich bin dabei. Das lasse ich mir nicht entgehen.“

West begann nun ebenfalls zu grinsen. „Ich mache auch mit. Ich möchte Jace‘ Gesicht sehen, wenn wir alle mit der Frau tanzen, die wir immer als seine große Liebe betrachtet haben. Ich glaube, das alles war ein großes

Missverständnis und die beiden müssen das klären."

Hunter nickte. „Das sehe ich genauso. Ich bin auch dabei. Junge, Junge, dieser Tanzabend ist mit einem Mal richtig interessant geworden. Ace, was ist mit dir?"

Die Zwillinge sahen einander äußerst ähnlich, hatten aber deutlich voneinander abweichend gefärbte Augen. Hunters waren blaugrün und die himmelblauen von Ace tanzten nun, als er sie angrinste. „Ich bin zu hundert Prozent dabei. Wie ihr hoffe auch ich, dass etwas Gutes daraus entsteht. Jace hat außerhalb der Arbeit kaum Kontakt zu anderen Menschen. Er ist auf ein paar Dates gegangen und hat sich dann diesen großen Hund zugelegt, mit dem er stundenlang über die Weiden zieht, um ihm die benötigte Bewegung zu verschaffen. Er versteckt sich dort draußen, wenn ihr mich fragt."

Alle lachten, denn so war es.

Dustin sah sie nacheinander an. „Es stimmt, die kurze Zeit des Datens und die Tatsache, dass er sich einen Hund gekauft hat, der sehr viel Auslauf braucht, sprechen eine eigene Sprache. Er verbringt lieber Zeit mit seinem Hund als auf Dates, ich denke, das war sein

Plan… Zack hat recht. Wir sollten das machen.“

Zack grinste sie an. „Okay, schauen wir mal, was wir erreichen können, Jungs.“ Er hob die Hand und alle seine Brüder und Cousins schlugen ein. Sie waren dabei und er hoffte, dass alles gut ausgehen würde. Und wenn nicht, könnte es zumindest ein Neuanfang sein.

Aber tief in seinem Herzen hoffte er auf ein Happy End für die beiden.

# KAPITEL SIEBEN

„So, Gram, hier ist dein Stuhl." Lila hatte zwei Stühle zu den Essens- und Getränketischen getragen, einen für ihre Großmutter und einen für Ruby. So konnten sie sitzend alles im Auge behalten und sich bestens amüsieren, während die Leute zu ihnen kamen, um sich mit ihnen zu unterhalten. Red arbeitete noch, würde aber in Kürze eintreffen, so wie die meisten anderen. Doch viele Gäste waren auch bereits da.

Gram und Ruby hatten hinter dem Essenstisch gestanden und sich mit einigen anderen Damen unterhalten, die sich vielleicht ebenfalls zu ihren Stühlen gesellen würden, jetzt wo Lila mit den zwei Sitzgelegenheiten eine Art Treffunkt eingerichtet hatte. Ihrer Großmutter schien es in den dreißig Minuten, die sie stehend verbracht hatte, an nichts gefehlt zu haben und Lila hatte ihr die Freude gegönnt. Doch nun setzte sie sich besser. Ihre Gram schien ihr wortlos recht zu geben, denn als sie sie ansah, entdeckte sie einen Anflug von Erleichterung in ihren Augen.

„Danke, Liebes. Der Stuhl kommt wie gerufen. Die Erschöpfung setzt einfach aus heiterem Himmel ein." Sie ging zu einem der Stühle und setzte sich. Dann blickte sie zu Lila auf. „Perfekt. Das wird ein famoser Abend. Sieh dir nur all die ankommenden Leute an. Sie haben allesamt ein Lächeln im Gesicht und freuen sich auf den Abend. Das wird ein Spaß."

„Das denke ich auch." Ruby setzte sich neben Gram. „Ich habe diese Veranstaltungen immer geliebt. Und ich sag dir was: Ich kann es kaum erwarten, dich tanzen zu sehen, Lila. Es ist schon lange her, nicht wahr?"

Lila schluckte. „Oh", brachte sie halb lachend hervor, „ich glaube nicht, dass ich tanzen werde. Ich bin nur wegen Gram hier, ich werde dafür sorgen, dass das Essen auf den Tischen nicht ausgeht und wenn nötig Nachschub aus der Küche holen. Ihr beide bleibt einfach sitzen und genießt den Abend und unterhaltet euch mit euren vorbeischauenden Freunden."

Beide sahen sie ungläubig an. Gram sprach als Erste. „Das glaube ich nicht… Du solltest tanzen. Hab Spaß. Dafür bist du doch hier."

„Deine Gram hat recht. Es wird ein lustiger Abend, und wenn du hier bei uns stehen bleibst, werden wir annehmen, dass du auf uns aufpasst. Und eins kannst du mir glauben, wir können auf uns selbst aufpassen. Das machen wir schon seit langer, langer Zeit."

Bei ihren Worten fühlte sie sich schlecht. Sie hatte nicht vorgehabt, die beiden zu verstimmen, doch ihrem Gesichtsausdruck nach zu urteilen, hatte sie genau das getan. „Dann… nun ja, ich denke, wenn mich jemand auffordert, werde ich tanzen. Zumindest mit einigen. Ich werde nicht den ganzen Abend durchtanzen. Nur damit ihr es wisst."

Gram und Ruby blickten einander lächelnd an. „Das klingt gut", sagte ihre Großmutter mit sanfter Stimme. „Ich möchte nur, dass du Spaß hast. Die Band wird jede Minute zu spielen beginnen und ich werde es genießen, dir nach so langer Zeit endlich mal wieder beim Tanzen zuzusehen. Es ist viel zu lange her.

Vielleicht fordert dich ja auch Jace auf."

„Gram, fang jetzt nicht damit an. Ich glaube nicht, dass er mich fragen wird, und ich möchte nicht, dass du ihn in irgendeiner Weise dazu drängst oder ihm einen solchen Vorschlag unterbreitest, oder etwas andeutest. Nichts dergleichen."

Ruby verschränkte die Arme und behielt ihre Reaktion im Auge. „Glaubst du wirklich, dass ein junger Kerl eine Ermunterung braucht, um dich zum Tanzen aufzufordern?"

„Ich, ähm." *Was hatte sie getan?* „Hört mal, drängt Jace einfach nicht, okay? Es ist kompliziert genug. Wir haben uns darauf geeinigt, die Geschehnisse der Vergangenheit auszublenden und um deinetwillen miteinander auszukommen, Gram. Damit mein Besuch hier schön wird."

Gram seufzte, genau wie Ruby, doch dann nickten sie beide, die Blicke auf sie gerichtet. Vielleicht erkannten sie den Druck, unter dem sie stand, den Stress, den sie spürte. Jace hatte ihr beim Kaltstellen der Getränke geholfen, und sie hatten sich kurz über seinen goldigen Hund unterhalten. Er hatte erzählt, dass dieser sehr umtriebig war und sich im Moment, zu Hause, wahrscheinlich wünschte, er könnte am See herumtoben. Sie hatte gelacht und den großen Hund vor sich gesehen, wie er wie ein Pferd am Ufer des Teichs entlangtrabte, ein gewaltiges Grinsen auf den Lefzen. Er hatte auf ihr Lächeln mit einem Lachen reagiert und sie hatten sich ein paar Minuten lang angestarrt. Dann hatte er gesagt, dass er Gäste am Eingang begrüßen müsse und war gegangen. Was sie über alle Maßen erleichtert hatte.

Und jetzt ging die Party los. Sie trat hinter den Tisch und entfernte sich ein Stück von Gram und Ruby, wobei sie hoffte, dass die beiden sie vergaßen, wenn sie sich in ihrem Rücken aufhielt. Die Band, die aus einer Gruppe älterer Männer bestand, die sie zum Teil noch von früher kannte, begann zu spielen und dann trat Bo, Jace' Großvater, ans Mikrofon.

Er klopfte ein paar Mal dagegen. „Willkommen beim Stadtfest. Wie üblich freuen wir uns, dass wir uns so zahlreich zu diesem geselligen Abend eingefunden haben. Wir feiern unser Leben in dieser Kleinstadt und freuen uns, dass alle zusammenkommen und miteinander feiern. Los geht's. Habt Spaß. Ich habe gehört, dass es viele köstliche Desserts und Vorspeisen gibt und jede Menge Erfrischungen, die alle mitgebracht haben. Kinder, ihr könnt auf der Tanzfläche tanzen, aber rennt nicht ineinander oder in die tanzenden Paare. Und geht nicht ohne eure Eltern nach draußen. Wir wollen euch im Auge behalten."

Sie erinnerte sich an dieselben Worte aus ihrer Kindheit und daran, dass alle Kinder davon geträumt hatten, draußen im Mondlicht Fangen oder Verstecken zu spielen, doch das hatten sie nicht gedurft. Alle fürchteten, dass sich jemand verletzte und den Abend ruinierte, deswegen mussten sie drinnen bleiben. Alles war noch beim Alten, offensichtlich sorgte man sich um die Kinder, deren Sicherheit und darum, dass alle eine gute Zeit hatten, ohne sich zu ängstigen. Als Erwachsene verstand sie das. Hätte sie ein Kind, würde sie das auch im Auge behalten wollen. Aber sie musste sich um kein Kind Gedanken machen. Die Kinder spielten in einer Ecke, sie hatten Spaß und dachten nicht daran, durch die Hintertür hinauszugehen. Sie hingegen würde sich vielleicht nach draußen schleichen, um in einer ruhigen Ecke dem Druck zu entgehen, den ihre liebe Großmutter und Ruby auf sie ausübten.

Die Band spielte Country Musik, natürlich, denn es war ein Country Fest. Die Sänger, einige von ihnen Einheimische, waren gut und spielten Gitarre und Klavier. Ein paar Leute kamen zu ihr und besorgten sich Getränke und Teller mit Essen, und sie lächelte und begrüßte sie. Auch wenn sie die Leute nicht kannte, war sie freundlich zu ihnen. Sie sorgte dafür, dass man gut an die Getränke kam; wenn die oberen mitgenommen wurden, holte sie die weiter unten liegenden hervor.

Sie richtete sich gerade wieder auf, nachdem sie die Dosen neu angeordnet hatte, als sie sah, dass Zack auf sie zukam. Lila lächelte. „Hey, hast du Spaß?"

„Habe ich und ich habe beschlossen – hm, nun ja, Jace und ich haben uns gedacht, dass wir beide tanzen sollten, weil wir das schon lange nicht mehr getan haben. Ich weiß nicht, wie viel ich tanzen werde, aber ich habe mich darauf eingelassen und er ebenfalls…. Und jetzt habe ich dich all diese Arbeit tun sehen und mir gedacht, dass ich dich gern zum Tanzen auffordern würde. Wenn du dir einen Moment Zeit nimmst und ein paar Minuten mit mir auf der Tanzfläche das Tanzbein schwingst, habe ich meinen Teil der Abmachung erfüllt."

Innerlich zitterte sie. Sie warf einen Blick zu ihrer Gram, die sie beobachtete. Gram grinste und Lilas Antwort stand fest. „Klar, ich würde gern mit dir tanzen. Aber ich muss dich warnen: ich war schon ewig nicht mehr auf der Tanzfläche."

Mit funkelnden Augen streckte er ihr seine Hand entgegen. „Mach dir deswegen keine Sorgen. Ich habe auch nicht viel getanzt in letzter Zeit. Wir fangen einfach an und tun, was wir können." Er gluckste. „Wir werden das Lied durchstehen und anschließend können wir beide auf unserem imaginären Zettel vermerken, dass wir wenigstens einmal getanzt haben."

Sie lachte über seine Worte und seinen lustigen Gesichtsausdruck und legte ihre Hand in seine. „Sehr gut, perfekte Antwort. So machen wir es. Dann haben wir beide getanzt und du deine Herausforderung gemeistert. Auch wenn ich immer noch ziemlich überrascht bin, dass ihr überhaupt so etwas beschlossen habt."

Sie hatten die Tanzfläche erreicht und er blickte sie an, ihre Hand nach wie vor in seiner haltend. Die andere Hand legte er zwischen ihre Schulterblätter und positionierte sich so, dass angenehm viel Platz zwischen ihren Körpern blieb, was ihre Nerven beruhigte.

Er grinste sie an. „Nun ja, wir haben beide in den letzten Jahren nur zugeschaut." Er machte den ersten Schritt und sie folgte seinem Beispiel. Gemeinsam tanzten sie den langsamen Tanz, während er führte. „Ich weiß nicht, ob du das weißt, aber nachdem du gegangen bist, hat Jace sehr lange gar nicht gedatet. Dann ist er ein paarmal ausgegangen, bevor er wieder damit aufgehört hat. Ich dachte, ich hätte die Frau gefunden, die ich heiraten will, doch dann erwischte ich sie mit einem anderen Mann. Ich habe es nicht nur vermutet, sondern habe die beiden überrascht, als ich einen Raum betrat. Ich war unglücklich und habe mich seither nicht mehr verabredet. Es hat mir gereicht, einmal so betrogen zu werden. Ich werde offen mit dir reden. Was ich erlebt habe und was Jace deiner Meinung nach getan hat, sind zwei völlig verschiedene Dinge. Ich hatte den

Betrug meiner Verlobten direkt vor Augen. Du hingegen hast keine gegen Jace sprechenden Beweise. Ich hoffe, das ist dir klar."

Sie starrte ihn an, da sie nicht erwartet hatte, dass er über diese Dinge sprechen würde. „Hat er dich gebeten, mit mir über dieses Thema zu reden?"

Er zog sich ein Stück zurück. „Oh nein, er hat keine Ahnung, was ich zu dir sage. Ich habe mich nur gefragt, warum du diesem… Mädchen geglaubt hast, das in den folgenden Jahren mehrfach unter Beweis gestellt hat, dass sie nicht vertrauenswürdig ist. Sie war zweimal verheiratet und beide Ex-Männer sagen, dass sie sie betrogen hat. Wie dem auch sei – es tut mir leid, normalerweise rede ich nicht so, ich wollte nur wissen, warum du zugelassen hast, dass so jemand Jace und dich auseinanderbringt? Das ist natürlich erst passiert, nachdem du die Stadt bereits verlassen hattest, aber sie hatte schon damals den Ruf, zu hinterhältigen Mitteln zu greifen, um ihren Willen durchzusetzen."

Ihr wurde flau im Magen. „Ich wusste nicht, was sie in der Zukunft tun würde. Und was sie mir erzählte, schien aus ihrer Sicht glaubwürdig zu sein." Ihre Eingeweide schlingerten. „Sie beteuerte, dass es stimmte und weinte, als sie es mir erzählte." Die Musik wurde langsam leiser, und sie schaute sich um und bemerkte, dass sie von mehreren Leuten beobachtet wurden. Mit einem Mal fühlte sie sich äußerst verletzlich. „Ich war noch jung. Und vielleicht habe ich voreilige Schlussfolgerungen gezogen. Aber Jace hat nicht einmal versucht, mich umzustimmen. Er hat mich weder kontaktiert noch ist er mir gefolgt. Ich nahm an, er hätte versucht, mich davon zu überzeugen, dass sie log, wenn er mich liebte." *Warum* erzählte sie ihm das alles? Die Musik erstarb, worüber sie froh war. Es war höchste Zeit, sich ein Erdloch zu suchen, in dem sie verschwinden konnte.

„Nun, vielleicht hast du sehr überzeugend dargestellt, dass du dem glaubst, was du gehört hast und nichts anderes in Betracht ziehen würdest. Das ist nur meine Meinung und ich bin wirklich froh darüber, dass du wieder zu Hause bist, glaub bitte nicht, dass ich dich hier nicht haben will oder so. Aber eine Sache muss ich noch in aller Offenheit sagen. Mein Freund hätte dir niemals das angetan, was meine Ex mir angetan hat. Er ist nicht so ein Mensch. Andererseits wette ich, dass es ihn unsagbar getroffen hat, dass du geglaubt hast, er wäre dazu fähig. Ich meine, ich war schon schockiert, dass du das geglaubt hast… hast du jemals darüber nachgedacht, wie sehr es ihn erschüttert haben muss, dass die Frau, die er liebte, so etwas über ihn geglaubt hat?"

Sie blinzelte, als er seine Hand senkte und sie losließ. „Darüber habe ich nicht nachgedacht."

„Nun, ich wollte dich nur darauf aufmerksam machen. Danke für den Tanz. Gemäß unserer Herausforderung habe ich meinen Teil erfüllt; ich kann entweder noch jemanden zum Tanzen auffordern oder mich an den Rand stellen und den anderen zusehen. Es ist schön, dich zu sehen, und ich freue mich, dass du wieder in der Stadt bist. Deine Großmutter lächelt, das ist schonmal gut."

Er drehte sich um und ging fort, während sie mit klopfendem Herzen und etwas benommen zurückblieb, bevor sie tief Luft holte und versuchte, niemandem in die Augen zu sehen, als sie die Tanzfläche verließ.

* * *

„Hey, Jace." Ryder kam zu Jace, der in der Nähe des Hinterausgangs stand und die Tanzenden beobachtete. „Was hältst du davon, dass deine frühere Freundin wieder in der Stadt ist?"

Jace' Blick haftete unverwandt auf Lila und Zack, die miteinander tanzten. „Das ist okay. Es tut ihrer Großmutter gut, dass sie hier ist. Sie hat sie vermisst, und ich habe diese Frage schon einmal zu oft beantwortet."

Ryder grinste. „Das kann ich mir vorstellen. Wahrscheinlich brodelt die Gerüchteküche. Wie fühlst du dich dabei, meinen Bruder, deinen Kumpel mit ihr tanzen zu sehen?"

Jace warf ihm einen „Was soll das?"-Blick zu und hoffte, ihn damit zum Schweigen zu bringen. „Dazu habe ich keine Meinung. Wir sind schon seit Jahren nicht mehr zusammen und jetzt ist sie zurück in der

Stadt. Zack und ich haben uns gegenseitig dazu herausgefordert, mindestens einmal zu tanzen, weil wir das beide vernachlässigt haben. Ich schätze, er hat einfach beschlossen, mit Lila zu tanzen." *Wie es sich für einen guten Freund gehört*, dachte Jace und spürte, wie sich Spannung in ihm breitmachte. *Es kümmerte ihn nicht, wer mit seiner Ex-Verlobten tanzte.* Er mochte die Gedanken nicht, die ihm durch den Kopf gingen.

Ryder grinste ihn an.

„Hey, hör auf zu grinsen."

„Whoa, ich beobachte nur. Vielleicht solltest du sie um einen Tanz bitten."

„Nein, damit fange ich nicht noch mal an."

„*Damit?* Du meinst, in jemanden verliebt zu sein und es dann einfach aufzugeben?"

„Okay, okay. Was ist da los?", fragte er, als er aus dem Augenwinkel sah, wie Lila, die gerade auf dem Rückweg zum Getränkestand war, von West angesprochen wurde, der sie offensichtlich breit lächelnd fragte, ob sie mit ihm tanzen wolle, weil er mit der Hand eine Geste Richtung Tanzfläche machte. Auf ihrem Gesicht erschien der Ausdruck, der sich dort zeigte, wenn sie nach der richtigen Antwort suchte. Erst schoss ihr Blick zu Boden, dann zu ihrer Großmutter, die eine ermutigende Handbewegung machte, so als wolle sie ihr zu verstehen geben, schon mit ihm zu tanzen. Jace' Blick glitt zurück zu Lila, die tief Luft holte, leicht lächelte und dann ihre Hand in Wests legte. Gemeinsam gingen sie zurück auf die Tanzfläche. Jace wandte den Blick ab und stellte fest, dass Ryder ihn beobachtete, sein Lächeln war verschwunden.

„Willst du mir ernsthaft erklären, dein Gesichtsausdruck hat nichts damit zu tun, dass sie mit anderen Männern tanzt?"

„Ich will dir erklären, dass du mein Freund bist und ich herauszufinden versuche, was du vorhast, ich diese Frage aber nicht beantworten muss."

„Ich weiß. Ich habe nur gefragt. Wie auch immer, ich werde sie heute Abend auch um einen Tanz bitten, also werde nicht sauer. Wenn es dir egal ist, ist es ja gut. Du musst nur sagen, dass ich nicht mit ihr tanzen soll, und ich werde darauf verzichten."

Nach dieser verrückten Aussage drehte sich Ryder um und Jace sah ihm nach, als er zu einer Gruppe

Cowboys ging, die näher an der Tanzfläche stand. Alle sahen West und Lila beim Tanzen zu. *Was geschah gerade?* Er warf einen Blick zur Tanzfläche, um die beiden ebenfalls im Blick zu haben und wurde Zeuge dessen, wie West ins Gespräch mit Lila vertieft auflachte. Mit Lila, die inzwischen lächelte. Wests nächste Worte mussten besonders lustig gewesen sein, denn sie warf den Kopf in den Nacken und lachte laut mit blitzenden Augen.

Jace' Magen verkrampfte sich und ihm fuhr ein solcher Stich durch die Brust, als hätte er sich einen zielgenauen Faustschlag eingehandelt.

Das war gar nicht gut.

Er drehte sich um und marschierte durch die Hintertür ins Freie. Gierig sog er die Luft in seine Lungen und atmete tief ein und aus, als er an den Heuballen vorbei in den hinteren Teil des Hofs stürmte. Dort blieb er stehen, versteckt vor den Blicken all jener, die sich draußen unter den Sternen eingefunden hatten. Die Stimmung war romantisch, verheiratete Paare genossen den lauen Abend und die Atmosphäre und Freunde waren ins Gespräch vertieft. So waren ihre

Gemeindetreffen. Doch im Moment war er kein Teil davon; er brauchte etwas Abstand, deshalb stand er hier am Zaun und blickte über die Weide, die sich auf dieser Seite der Stadt erstreckte. Wäre sein Pferd in der Nähe gewesen, wäre er in den Sattel gesprungen und davongeritten. Was er unzählige Male getan hatte, seit sie ihn vor all den Jahren beschuldigt hatte, ihre Liebesgelübde gebrochen zu haben…

Dass sie tatsächlich geglaubt hatte, er wäre dazu in der Lage, sie zu betrügen… er riss sich den Hut vom Kopf und fuhr sich mit der anderen Hand durchs Haar. *Wie hatte sie so etwas überhaupt denken können?* Seine Schläfen pochten; zumindest hatte sie recht ernst gewirkt, als sie mit Zack getanzt hatte. Mit West schien sie sich prächtig amüsiert zu haben.

Er wusste, dass er nicht nur von Ryder beobachtet wurde, der abzuschätzen versuchte, was in seinem Kopf vor sich ging. Wahrscheinlich behielten ihn auch andere, die seinen Schmerz miterlebt hatten, im Auge und nahmen seine Reaktionen am Rand der Tanzfläche zur Kenntnis. Er wusste, dass er darüber hinwegkommen und wieder hineingehen musste, sonst würden alle denken, dass er es nicht aushielt, sie mit anderen Männern tanzen zu sehen. Das konnte er gar nicht gebrauchen.

Also holte er tief Luft, drehte sich um und ging zurück zum Hintereingang.

Er würde das schaffen.

# KAPITEL ACHT

„Hallo, Lila. Ich bin Genna Barry, mir gehört die Boutique. Deine Großmutter hat sich so sehr darauf gefreut, dass du in die Stadt kommst. Ich habe nur Gutes über dich gehört und wollte mich kurz vorstellen und dich einladen, mal in meinem Laden vorbeizuschauen. Ich wäre gern heute ins Geschäft deiner Gram gekommen, aber es hat sich keine Gelegenheit ergeben – mein Online-Shop und der Laden haben mich derart beschäftigt, dass ich kaum einen Blick aus dem Fenster werfen, geschweige denn das Geschäft verlassen konnte um Hallo zu sagen." Sie kicherte. „Wie auch immer, ich dachte, ich komme rasch zu dir, solange du mal nicht auf der Tanzfläche bist – es freut mich, dass du so viel Spaß zu haben scheinst."

„Schön, dich kennenzulernen. Ich habe gehört, dass dein Laden fantastisch ist und habe bereits ein paar deiner Sachen gesehen. Ich schließe mich der allgemeinen Meinung an und schaue demnächst mal bei dir vorbei." Sie seufzte. „Dir ist also aufgefallen, dass ich heute Abend auf der Wir-sollten-alle-mit-ihr-tanzen-Liste stehe. Wahrscheinlich denkt jeder, Gram würde das glücklich machen und sie haben recht, deswegen höre ich nicht mehr auf zu tanzen."

Genna kicherte. „Du machst deine Gram glücklich und Ruby ebenfalls. Die beiden sind äußerst beliebt. Ich finde es cool, dass du dafür sorgst, dass sie strahlt. Aber… bist du sicher, dass du es nicht auch ein kleines bisschen dafür tust, dir selbst ein Lächeln aufs Gesicht zu zaubern?"

„Ich… naja, ich schätze, nach dem zweiten Tanz habe ich begonnen, es zu genießen. West ist lustig und hat dafür gesorgt, dass ich etwas lockerer wurde. Aber Zack war natürlich auch lustig." In Wirklichkeit hatte er ein Thema angeschnitten, an das sie nicht denken wollte, aber niemand brauchte zu wissen, dass er sie verunsichert hatte. „Gott sei Dank gönnen sie mir einen

Moment zum Durchatmen. Ich sollte dir dafür danken, dass du mich auf die Fragen meiner Gram vorbereitet hast." Sie kicherte. Es stimmte, die Situation war merkwürdig, aber sie würde das ignorieren.

„Großartig... und ich muss sagen, West ist genau der Richtige, um dich zum Lächeln zu bringen", sagte Genna und ihr Blick glitt von Lila zu einer Gruppe Männer, die auf der anderen Seite des Raumes in ein Gespräch vertieft war. West war einer von ihnen.

*Interessant.* „Ah, wirklich? Bringt er dich zum Lächeln?" *Warum fragte sie Genna das?* Weil sie eine gewisse Anziehung beobachtet hatte.

Gennas Blick traf Lilas und ein Hauch Röte überzog ihre Haut. „Er ist wirklich nett, aber ich bin im Moment nicht auf der Suche nach Liebe – oh, nicht dass ich Liebe hätte sagen sollen." Sie lachte nervös auf. „Das kommt gerade nicht in Frage. Ich gehe weder aus noch suche ich nach etwas Festem... also keine Dates im Augenblick."

*Das war ja interessant.* „Ich verstehe dich völlig. Ich bin auch nicht offen dafür. Ist in deiner Vergangenheit etwas Ähnliches passiert wie in meiner?“

Genna wedelte mit der Hand in der Luft herum und fuhr sich dann durch ihr langes brünettes Haar. „Oh, ich glaube, jeder hat eine Vergangenheit. Und ja, auch ich habe eine weniger gute Erfahrung gemacht. Aber das hat mich letztes Jahr hergebracht, also war es wohl vorherbestimmt. Ich habe meine Boutique hier eröffnet, weil deine Großmutter, Ruby und all die anderen Leute wirklich reizend sind. Viele der Damen, die ihr ganzes Leben hier verbracht haben, kommen in mein Geschäft, um neue Klamotten zu kaufen. Ich habe genau die richtige Entscheidung getroffen.“

„Wie bist du überhaupt hier gelandet? Erzähl mir deine Geschichte.“

„Meine Mutter ist eine Reisende. Sie liebt es, unterwegs zu sein und die Welt zu sehen. Ich entstamme einer Familie, die das nötige Geld dafür hat – ständig auf Reisen zu sein. Jahrelang bin ich mit ihr und meinem Stiefvater unterwegs gewesen. Mein Vater ist kurz nach meiner Geburt gestorben, aber mein Stiefvater ist wundervoll und liebt das Reisen genauso sehr wie Mom. Ich selbst hatte irgendwann genug davon. Da wir immer unterwegs waren, wurde ich zu Hause unterrichtet, bis ich aufs College ging. Zu diesem Zeitpunkt beschloss ich, das Reisen an den Nagel zu hängen. Ich hatte keine Lust mehr, die Welt zu bereisen, und ging aufs College, ich eröffnete meinen Online-Shop und begann schließlich, nach einem Ort zu suchen, an dem ich leben wollte." Sie seufzte und ein breites Lächeln breitete sich auf ihrem hübschen Gesicht aus. „Meine Mutter hat mir oft erzählt, dass sie hier einen Sommer mit meinen Großeltern verbracht hat und es ihr außerordentlich gut gefallen hat. Sie haben auf einer großen Ranch in einer Hütte gewohnt, mit deren Besitzern sie befreundet waren. Das war mir immer im Gedächtnis geblieben und irgendwann beschloss ich, mir die Stadt selbst einmal anzuschauen. Als ich aus meinem Auto stieg und die Hauptstraße dieser kleinen Stadt entlang sah, machte irgendetwas in meinem Inneren Klick. Meinen Online-Shop gab es bereits, sodass ich mich quasi an jedem Ort niederlassen konnte. Ich beschloss, ein Haus zu mieten und eine Weile zu bleiben, und lernte Augenblicke später deine Großmutter und Ruby vor dem Diner kennen, als ich noch dort stand und mich umsah. Die beiden fühlen sich hier pudelwohl und haben mir geholfen, noch am selben Tag eine Unterkunft zur Miete zu finden."

„Wow. Das ging aber schnell."

„Ja, es war fantastisch. Ich bin voller Freude jeden Morgen ins Diner gegangen und habe dort alle wiedergesehen – deine Gram, Ruby und ihren Mann Red, was für ein toller Mann. Hier in der Stadt gibt es viele alleinstehende Cowboys, was mich aber nach einer katastrophalen College-Romanze nicht interessierte. Nachdem die erste Woche vergangen war, blieb ich nach dem Verlassen des Diners vor dem leerstehenden Laden daneben stehen und schaute durch die Glasscheiben ins Innere. Ich beschloss auf der Stelle, dort eine Boutique zu eröffnen. Damit hätte ich neben meinem Online-Shop auch ein richtiges Geschäft. Mir kam der Gedanke, damit zu werben, dass sich mein Laden in dieser hübschen Kleinstadt befindet. Völlig überraschend beschlossen viele langjährige Kunden meines Online-Shops, hierher zu reisen um sich in meinem Laden umzusehen."

„Wow, das ist wunderbar und du hast wirklich

keine Zeit verschwendet."

Genna lächelte. „Das stimmt, alles war einfach perfekt! Die Leute kommen gern in meine Boutique, auch meine Online-Kunden. Was für ein Spaß! Ich weiß nicht, ob du bereits auf meiner Website warst; wenn du dich dort umschaust, wirst du die Bilder meiner Kunden sehen, die von überall herkommen, um sich das Geschäft und die Stadt anzuschauen. Sie kaufen bei mir ein und wir machen ein Foto zusammen. Diese Idee hatte eine meiner ersten Kundinnen. Als wir es machten, erkannte ich das Potenzial und fragte sie, ob ich das Bild auf die Website stellen dürfte. Sie willigte ein und so nahm das seinen Lauf. *Alle* wollen auf meiner Website sein. Mir macht es Spaß und es bringt weitere Kunden zu mir. Inzwischen sind viele Menschen in die Stadt gekommen, die nie zuvor von Lone Star gehört hatten – außer als Beiname unseres Bundesstaates."

„Das fand ich auch immer cool. Was für eine großartige Geschichte."

„Ich liebe sie ebenfalls. Außerdem besuchen meine Kunden auch die anderen Geschäfte gern, wo sie dann weitere Dinge kaufen und mit nach Hause nehmen.

Diese Stadt hat etwas in mir angesprochen und ich habe mich hier niedergelassen und nenne sie jetzt mein Zuhause. Aber wieder Daten… nein, kein Interesse. Ich habe eine schlechte Erfahrung gemacht und das reicht mir auf absehbare Zeit. Vielleicht für immer."

Lila fand Genna interessant und verstand deren Grund, nicht mit Männern auszugehen. „Nun, ich muss sagen, dass ich West für einen wirklich netten Kerl halte. Und falls du an den Punkt kommst, an dem du wieder Lust auf ein Date hast, dann reicht wahrscheinlich ein Lächeln in seine Richtung und er wird dich um ein Rendezvous bitten. Ich weiß nicht, ob ich das sagen sollte, aber als ich mit ihm getanzt habe, ist mir aufgefallen, wie er dich ansah, und in seinen atemberaubend smaragdgrünen Augen flackerte eindeutig Interesse… also, nur damit du es weißt, er ist ein wunderbarer Tanzpartner. Er hat mich zum Lachen gebracht und das hatte ich wirklich nötig, das kannst du mir glauben."

Gennas Blick wanderte erneut durch den Raum und dann zurück zu Lila. „Schön, aber es bleibt dabei. Ich bin noch nicht so weit."

Lila verstand Genna und fühlte sich ihr verbunden, so als ob sie ihre Freundin wäre. Und das machte sie glücklich.

* * *

„So, du machst es also nicht." Zack lehnte an der Wand und musterte Jace.

Jace blickte seinen Freund stirnrunzelnd an. „Was mache ich nicht?" Er war nicht gerade bester Laune, was sicherlich nicht zu übersehen war.

Zack blickte zur Tanzfläche, wo sein Bruder Dustin gerade mit Lila tanzte. „Du wirst sie nicht um einen Tanz bitten?"

Jace starrte durch den Raum und beobachtete, wie Lila Dustin anlächelte. Genauso wie sie zuvor auch schon Ryder, West, Zack und deren Cousins Ace und Hunter angelächelt hatte. Alle hatten mit ihr getanzt und das störte ihn gewaltig; es war, als wären seine Freunde einer nach dem anderen zu ihm gekommen und hätten ihm einen Schlag in die Magengrube verpasst – und diese durchdringende Empfindung störte ihn auch. Es tat weh, dass es ihr nach all den Jahren der Abwesenheit so mühelos gelang, Gefühle schmerzlicher Sehnsucht in ihm zu erwecken. Außerdem trieb es ihn in den Wahnsinn. Er wusste, was das bedeutete, doch es fühlte sich nicht richtig an.

Er hatte einen Geistesblitz und starrte seinen Freund verärgert an. „Zack, du hast das mit Absicht gemacht, nicht wahr?"

Zack grinste. „Ja, habe ich. Weil ich mich gefragt habe, wie du reagieren würdest. Du hast meine Frage beantwortet. Du gestehst es dir selbst nicht ein, Kumpel. Du liebst diese Frau. Deine Gefühle für sie sind immer noch da. Es ist offensichtlich, daher meine Frage: Willst du nicht um sie kämpfen?"

*Was?* Jace sah sich um, um sicherzugehen, dass sie niemand hörte. Da er sich schon den ganzen Abend über etwas von den anderen Gästen ferngehalten hatte, befand sich glücklicherweise niemand in der Nähe. „Warum sollte ich mir das noch einmal antun wollen? Sie hat etwas über mich geglaubt, was sie nicht hätte glauben sollen. Ich habe nie irgendetwas getan, das in ihr den Gedanken hätte reifen lassen können, ich würde sie in irgendeiner Art und Weise hintergehen. Du weißt, wie sehr ich sie geliebt habe. Dass sie geglaubt hat, ich würde eine Affäre haben oder eine andere Frau auch nur ansehen… es hat sich angefühlt, als ob sie mich von einer Klippe gestoßen hätte. Und es ist mir nicht gelungen, wieder hinaufzuklettern."

Zack löste seine Arme, die er vor der Brust verschränkt hatte und legte eine Hand auf Jace' Schulter. „Ich weiß, wie du dich fühlst. Es ist offensichtlich. Wie du weißt, war ich derjenige, mit dem du das alles besprochen hast. Ich selbst habe etwas Ähnliches durchgemacht, nur dass meine Liebe – also damals, heute ist sie das nicht mehr – wirklich das getan hat, was man dir vorwarf. Und ja, es ist schrecklich, dass sie so über dich gedacht hat, aber du weißt nicht, was diese Frau ihr erzählt hat. Du weißt nicht das Geringste darüber, was hinter den Kulissen vor sich gegangen ist, weil du ihr nicht gefolgt bist und nachgehakt hast. Du hast nicht einmal versucht, sie dazu zu bringen, dir zu glauben." Er ließ seinen Arm sinken und starrte ihn eindringlich an.

Jace warf ihm einen aufgebrachten Blick zu, sein

Magen rumorte. Sie waren Freunde. Sie waren zwei Männer, die über alles miteinander reden konnten. „Zack, ich weiß, wie sehr du gelitten hast und es tat mir in der Seele weh, es mit anzusehen. Deine Ex-Freundin wurde auf frischer Tat ertappt, sie konnte es nicht abstreiten. Bei mir war es anders. Und so sehr ich sie auch liebe – ich meine, liebte…" *Liebte… du weißt, dass du sie noch immer liebst.* Er brachte die Stimme in seinem Kopf zum Schweigen. „Aber sie hat mir nicht vertraut. Sie ist so schnell fortgegangen und hat offensichtlich nie zurückgeblickt. Sie ist nicht wegen mir zurückgekommen; sie kam wieder her, um nach ihrer Großmutter zu sehen. Was auch richtig ist; ihre Gram hat sie sehr vermisst."

Er holte tief Luft und ohne das er es beabsichtigt hatte, wanderte sein Blick erneut zur Tanzfläche, wo Dustin sie locker in seinen Armen hielt. Sie lächelte ihn an. *Oh, dieses wunderschöne Lächeln.*

Sein Herz zog sich zusammen.

Er erinnerte sich daran, wie es gewesen war, sie im Arm zu halten, wie viel ihm das bedeutet hatte und wie sehr er es vermisste. Er hatte davon geträumt und um ihren Verlust getrauert. Er wollte die Distanz zwischen ihnen überwinden und sie aus Dustins Armen in seine ziehen.

„Geh und bitte sie, mit dir zu tanzen. Geh einfach", drängte ihn Zack. „Ihr könnt das klären. Tanz mit ihr und rede mit ihr. Sie war jung und offensichtlich hat man ihr warum auch immer gewaltige Lügen aufgetischt, denen sie Glauben geschenkt hat und du hast nie versucht, sie vom Gegenteil zu überzeugen oder herauszufinden, warum sie den Lügen geglaubt hat. Ich kann mir vorstellen, dass sie Angst davor hatte, zu heiraten oder man ihr ein paar wirklich schlimme Dinge erzählt hat."

Er erkannte, dass es beides gewesen sein konnte. Er war derjenige gewesen, der unbedingt hatte heiraten wollen. Er versteifte sich, als ihn die Wahrheit durchströmte. Sie hatte noch warten wollen, hatte Angst gehabt, dass sie es überstürzten. Sie hatte ihm versichert, ihn heiraten zu wollen, aber er hatte sie gewollt und den nächsten Schritt gehen wollen. *Hatte er sie gedrängt?*

Das Lied endete und er stand still wie ein

Betonpfosten und beobachtete das Geschehen. Dustin schenkte ihr ein Lächeln und sie erwiderte es, dann ging sie zurück zu den Essensständen. Sie passierte die Gruppe älterer Frauen, die sich um ihre Gram versammelt hatte. Die Damen hatten Stühle aufgestellt, einige strickten, andere lächelten nur und redeten und beobachteten das Treiben. Es war das Treffen einer Generation von Damen, die diese Stadt geformt hatte. Sie kamen oft in Josie Jane's Wash and Repeat-Laden zusammen, so wie sich die älteren Männer der Stadt im Futtermittelladen trafen, besonders wenn sein Großvater arbeitete. Als sie jünger gewesen waren, hatten Lila und er sich oft im hinteren Teil der Läden versteckt und den Gesprächen der Damen oder denen der Herren gelauscht. Es war stets sehr viel gelacht worden und er und Lila hatten sich anstrengen müssen, damit ihr Gekicher sie nicht verriet. Er lächelte bei dieser Erinnerung.

Sie warf ihrer Großmutter ein Lächeln zu, die die Geste erwiderte und ging dann weiter zu dem Tisch, hinter den sie sich den ganzen Abend über immer wieder zurückgezogen hatte. Sie würde dortbleiben, bis ein weiterer Mann käme und sie zum Tanzen aufforderte, dann würde sie wieder zu Tanzfläche gehen. Und er müsste es mit ansehen, wobei er sich wünschen würde… sein Herz raste, während er immer noch bewegungslos dastand.

Im Laufe des Abends hatte sie ein paar Mal in seine Richtung geschaut, sein Herz war beinahe stehengeblieben und er hatte sich gezwungen, den Blick abzuwenden. Doch stets war sie ihm einen Herzschlag vorausgewesen und hatte zuerst weggeschaut. Jetzt traf ihr Blick seinen, doch er blickte abrupt fort, als er Zacks Hand auf seiner Schulter spürte.

Zack schubste ihn leicht. „Geh schon. Bring es in Ordnung. Oder sorge zumindest dafür, dass du diese Tür schließen kannst. Es fällt mir schwer, dir zuzuschauen. Ich meine, im Moment will ich das auf keinen Fall, aber ich wollte immer heiraten, bevor mir das passierte und ich diese Tür fest hinter mir zuschlug. Aber ich habe dich beobachtet, und ehrlich gesagt ist keiner von uns beiden dort, wo er sein wollte. Erinnerst du dich daran, wie wir immer davon sprachen, dass wir heiraten würden und unsere Kinder Freunde sein würden, während wir ein glückliches Leben mit unseren Frauen führen würden? In Anbetracht dessen, wie alles gekommen ist, klingt es etwas verrückt, aber so haben wir es uns ausgemalt. Das weißt du. Und heute gehen wir nicht einmal mehr aus; wir stehen bei Tänzen allein in einer Ecke und sehen den anderen dabei zu, wie sie Spaß haben. Während sie auf der Suche nach der Liebe sind, haben wir diese Tür verschlossen. Geh. Öffne die Tür ein kleines Stück oder schließe sie zwischen euch beiden, damit du sie für eine andere öffnen kannst. Aber sie verdient es, dass du versuchst, die Dinge wieder in Ordnung zu bringen. Auch wenn du nichts falsch gemacht hast, geh diesen Schritt, um es richtig zu stellen. Zur Wahrheit gehört auch, dass ihr jemand einen Haufen Lügen erzählt und ihr das Herz gebrochen hat und du nie versucht hast, das wieder in Ordnung zu bringen. Tut mir leid, aber das ist die Wahrheit."

Jace starrte seinen Freund an, als die Wahrheit in ihn einsickerte. Er hatte nicht versucht, die Lügen zu klären. Ja, er hatte ihr an diesem Abend gesagt, dass nicht stimmte, was sie annahm, doch dann hatte er dichtgemacht, die Tür zugeschlagen und sie war gegangen. Und so war es geblieben, bis sie zurückgekehrt war und Boulder sie an der Tür begrüßt und zu Fall gebracht hatte. Sie hatte mit ihren schönen haselnussbraunen Augen erschrocken zu ihm aufgesehen, während sein lieber Hund versucht hatte, sie mit seiner gewaltigen Zunge abzuschlecken.

Sein kluger Hund.

Jace wandte den Blick von Zack ab und ging auf direktem Weg zum Getränketisch.

Zu Lila.

* * *

„Lila, würdest du mit mir tanzen?"

Lila wirbelte herum, als sie Jace' Stimme hörte. Sie hatte gerade frische Brownies auf einem Teller verteilt und blickte nun überrascht Jace an. „Mit dir *tanzen*?"

Sie hatte seine Frage fast wörtlich wiederholt, aber andere Worte waren ihr nicht eingefallen. Seine Worte echoten in ihrem Kopf wieder; ihre eigenen befanden sich in einem völligen Durcheinander, sie wirbelten umeinander, rumpelten herum und fielen ihr nur in unzusammenhängenden Satzgebilden wieder ein.

Er nickte, wobei er sie unverwandt ansah. „Ja. Ich denke, dass es ein guter Anfang wäre."

Durch die Musik und das Pochen ihres Herzens fiel es ihr schwer, ihn zu verstehen. Sein Blick bohrte sich tief in ihren und er sah sie beinahe… *flehentlich* an? Sie hatte den ganzen Abend über mit seinen Freunden getanzt. Es war, als zogen sie ihn mit ihr auf. Mit einigen von ihnen hatte sie gelacht, sie waren alle furchtbar nett. Und auch wenn sie sich mit jeder Faser ihres Körpers dagegen gesträubt hatte, waren ihre Gedanken bei jedem Tanz zu Jace gewandert.

Sein bester Kumpel Zack hatte ihr bei ihrem gemeinsamen Tanz zu denken gegeben. Später hatte sie beobachtet, wie er ein intensives Gespräch mit Jace geführt hatte und vermutet, dass er mit diesem dasselbe getan hatte.

Sie hatten nie geredet.

Er hatte ihr versichert, dass er nicht getan hatte, was man ihr geschildert hatte. Sie war aufgebracht gewesen und hatte die Stadt verlassen, und er war ihr nicht gefolgt. „Ja. Ich werde mit dir tanzen." Nachdem sie die

Worte ausgesprochen hatte, begann ihr Herz wie verrückt zu rasen. Ihr Magen fühlte sich im Angesicht all der Gefühle, die in ihr tobten, flau an. Er kam einen Schritt auf sie zu und beinahe hätte sie gesagt, dass sie einen Fehler gemacht hatte und doch nicht tanzen wollte. Doch sie tat es nicht. Als er ihr seine Hand entgegenstreckte, ließ sie ihre in seine gleiten.

Ihre Blick trafen sich und er trat einen Schritt zurück, wobei er sie mit sich zog. Dann drehte er sich um und führte sie zur Tanzfläche. Ihr Herz raste und der Raum drehte sich um sie; sie kämpfte mit aller Macht darum, nicht zu stolpern, sosehr zitterten ihre Nerven mit jedem Schritt, den sie machte. Sie spürte überdeutlich, dass alle Augen auf sie gerichtet waren. Und als wäre das noch nicht genug, kribbelten ihre Finger unter seiner Berührung, wie sie es immer getan hatten.

Sie erreichten die Tanzfläche und er drehte sich zu ihr um, dann hob er ihre Hand, die er in seiner hielt und legte sie an sein Herz, bevor er seinen freien Arm um ihre Taille schlang. Ihr Herzschlag beschleunigte sich, als sie begannen, sich im Takt der Musik zu bewegen.

Sie legte ihre freie Hand auf seinen Arm, ihre Finger kribbelten, sie wollten in seinem Nacken liegen und leicht mit seinen dunklen Haaren spielen. Sie hatten immer auf diese Weise getanzt, doch sie unterdrückte diesen Wunsch. Zum Glück hatte er sie nicht so nah an sich gezogen wie früher; er hatte Raum zwischen ihren Körpern gelassen – eine kleine Lücke. Dennoch spürte sie, wie Funken von ihm zu ihr sprühten und durch sie hindurch, während seine tiefbraunen, strahlenden Augen ihren Blick hielten, so wie er einst ihr Herz gehalten hatte.

Im Hintergrund nahm sie das Lied – einen Country-Song – wahr, aber ihre Gedanken wirbelten so ungestüm umher, dass ihr der Titel nicht einfallen wollte. Sie bewegten sich langsam und fließend im Einklang mit der Melodie und sie konnte den Blick nicht von ihm abwenden; ihre Welt drehte sich in den Tiefen seines Blickes.

Sie spürte, wie sein Daumen an der Hand, die er hinter ihrem Rücken hielt, über ihren Daumen strich und Blitze durch sie hindurchjagten, genau wie vor all den Jahren.

„Ich hätte dir folgen sollen", sagte er leise, aber bestimmt. „Ich hätte weiter versuchen sollen, dich von der Wahrheit zu überzeugen – denn ich habe nicht getan, was sie behauptet hat. Glaubst du…" Seine Worte erstarben und sein Blick flackerte, dann sah er an ihr vorbei.

Lilas Herz zog sich zusammen und sie sehnte sich danach, dass sein Blick zu ihrem zurückkehrte. „Ich habe dir keine Chance gegeben." Das stimmte. Sie fühlte sich schrecklich. *Lag das an der Tatsache, dass er sie festhielt und sie dem Verlust seiner Berührungen so lange nachgetrauert hatte?* Sie hatte geglaubt, er hätte ihr und ihrer Liebe etwas Schreckliches angetan, doch als sein Blick nun ihren wiederfand, sah sie sich dem ausgesetzt, was sie geplagt hatte, bis sie es in eine dunkle Ecke ihres Herzens verbannt hatte. „Vielleicht hat meine Unsicherheit darüber, ob wir so schnell heiraten oder lieber noch warten sollten, eine Rolle bei meiner Abreise gespielt. Es tut mir schrecklich leid, dass ich so über dich gedacht habe. In Wahrheit habe ich vielleicht dir Unrecht getan anstatt du mir." Diese Erkenntnis traf sie unvorbereitet und sie stolperte.

Er hielt sie fest und bewegte sich so, dass sich ihre Körper leicht berührten, während sich ein trauriger Ausdruck in seine Augen stahl. „Du warst noch nicht bereit, zu heiraten, und das hast du mir gegenüber auch zum Ausdruck gebracht. Ich wollte dich so sehr, dass ich nicht auf dich gehört habe. Du hattest Angst, dass wir es überstürzen. Dass wir die Dinge überstürzen, weil du für den nächsten Schritt in der Beziehung noch nicht bereit warst, ich hingegen schon. Du wolltest heiraten, bevor wir den Schritt in die Intimität wagten. Es tut mir leid. Ich habe mich von meinem Bedürfnis nach dir in meinen Entscheidungen leiten lassen. Meine Entscheidungen. Meine Bedürfnisse – nicht deine.“

Seine Worte drangen in sie und übertönten den Klang der Musik und die Pein, die sie empfunden hatte.

„Ich… ich glaube nicht, dass jetzt der richtige Zeitpunkt ist, um darüber zu reden.“ Ihr Herz klopfte noch mehr als es das ohnehin schon getan hatte. Sie brauchte Raum; sie musste weg von der Tanzfläche. Sie spürte die Augen aller auf ihnen ruhen. „Das ist privat und ich weiß nicht, ob es dir bewusst ist, aber alle beobachten uns.“

„Oh ja, das ist mir bewusst. Aber ich musste dich das fragen."

Zu ihrer Erleichterung war das Lied zu Ende. Sie trat zurück und brachte etwas Abstand zwischen sie. „Ich glaube, mir reicht es für heute."

„Ich werde dir nicht zusetzen. Aber können wir noch einmal reden? Können wir dieses Gespräch fortsetzen?"

Sie atmete ein und nickte. „Ja." Dann wirbelte sie ohne ein weiteres Wort herum, sie verließ die Tanzfläche und ging an Gram vorbei, die sie beobachtete. Sie ließ den Tisch mit den Erfrischungen links liegen und lief in die Küche, wo sie durch die Seitentür ins Freie trat, anstatt die Hintertür zu nehmen, die in den rückwärtigen Bereich führte. Sie atmete tief ein, als sie zum Auto ging, das direkt neben der Tür stand, sie riss die Tür auf und setzte sich auf den Fahrersitz. Mit zitternden Fingern umklammerte sie das Lenkrad und legte dann die Stirn auf ihre Knöchel. Sie atmete ein und aus und versuchte, Herr über das Zittern zu werden, das nicht nachlassen wollte.

Die Tür auf der Beifahrerseite öffnete sich. Sie

blickte hinüber, als Gram auf dem Sitz Platz nahm.

„Kannst du uns nach Hause fahren?"

Lila setzte sich aufrecht hin und stieß einen erleichterten Seufzer aus. „Ja, Gram, das kann ich machen."

„Dann fahr, mein liebes Mädchen."

Und das tat sie.

Wenig später waren sie zu Hause. Sie hatten keine weiteren Worte gewechselt, ihre Gram hatte lediglich die Hand ausgestreckt und ihr sanft über den Arm gestrichen, als sie weiterhin das Lenkrad mit beiden Händen umklammert hatte. Schließlich steuerte sie das Auto in den Carport, sie stellte den Motor ab und beide stiegen aus. Ihr Blick flog zu ihrem roten Jeep hinüber und beinahe wäre sie zu ihm gestürzt, so dringend wollte sie dieser Situation entkommen. Aber sie tat es nicht.

Gram ging ein paar Schritte und wartete dann auf sie.

„Geht es dir gut? Gut genug, um allein nach drinnen zu gehen?", wollte sie von ihrer Gram wissen, da sie nicht vorhatte, gleich hineinzugehen. Trotz all der

Anspannung, die sie verspürte, musste sie an ihre Großmutter denken.

„Tatsächlich geht es mir großartig." Gram hielt ihren Blick. „Wie geht es *dir*? Ich war überglücklich, dich und Jace endlich wieder auf der Tanzfläche zu sehen. Aber mir ist aufgefallen, dass du verletzt aussahst, als das Lied zu Ende war." Ihre Stimme bebte.

„Das wird schon wieder." Irgendwie, irgendwann würde es ihr besser gehen.

Ihr Großmutter sah aus, als bräche sie jeden Moment in Tränen aus. „Ich will ehrlich sein. Ich habe dich unter Übertreibungen hergeholt. Ja, ich habe Schmerzen im unteren Rücken, aber es ist nicht so schlimm, wie ich behauptet habe. Ich habe dich schrecklich vermisst und immerzu an dich gedacht. Und ich dachte, wenn es mir nur gelänge, dich hierher zurückzubringen und du dann diesem lieben Mann begegnen würdest... und lieb ist er wirklich... Er und viele andere helfen mir, wenn ich etwas brauche, aber er besonders, weil er gleich um die Ecke ist. Er stellt sicher, dass es mir in meinem Laden gutgeht. Wenn ich etwas Schweres rein- oder rausbringen muss, ist er für gewöhnlich als Erster zur Stelle, weil er es als Erster sieht. Wenn das nicht der Fall ist, dann ruft Bo nach ihm, damit er mir hilft. Das ist gut, denn ich möchte nicht, dass Bo sich seinen Rücken noch weiter ruiniert… er hat viel zu lange Lasten in seinem Laden herumgetragen. Jace kommt immer sofort und hilft mir. Er ist ein wunderbarer Kerl… und sein Großvater und ich haben uns unterhalten."

Gram nestelte am Saum ihrer Bluse herum und Lila wartete, wohlwissend, dass noch etwas kommen würde.

„Lila, keiner von uns hat geglaubt, dass Jace getan hat, was du denkst. Also habe ich getan, was ich gesagt habe, ich habe vorgegeben, schlimmere Schmerzen zu haben, als es der Fall ist und du bist sofort gekommen, um mir zu helfen." Ihr Gesichtsausdruck war ebenso bekümmert wie ihre Stimme. „Ehrlich gesagt habe ich dich schrecklich vermisst. Aber ich hoffe und bete, dass du mir vergibst und vielleicht etwas Gutes daraus entsteht, dass du nach Hause gekommen bist."

Lila war wie erstarrt. Ihr Herz war voller Schmerz gewesen, doch jetzt wurde ihr schlagartig klar, dass ihre Gram ihren schlechten gesundheitlichen Zustand nur vorgegeben hatte, um sie zurückzuholen… um ihr die Chance zu geben, alles wieder in Ordnung zu bringen. Sie hätte wütend sein können. Sie hätte explodieren und ins Haus stürmen, ihre Sachen packen und wegfahren können. Alles hinter sich lassen, was geschehen war… genau wie sie es schon einmal getan hatte.

Stattdessen ging sie mit Tränen in den Augen auf ihre Gram zu und schlang die Arme um ihre liebe, süße Großmutter. „Danke. Du hast die Wahrheit ein bisschen verdreht, aber ich musste zurückkommen. Ich brauche jetzt Zeit zum Nachdenken. Ich muss mir über einiges klarwerden und wieder einen klaren Kopf bekommen. Und meine Gefühle ordnen."

Sie löste sich aus der Umarmung und lächelte ihre Großmutter an, die sich die Tränen aus den Augen wischte.

„Nimm dir alle Zeit, die du brauchst. Und wenn ich irgendetwas tun kann, lass es mich wissen", sagte sie sanft, bevor sie durch die Tür nach drinnen ging und sie hinter sich schloss.

Lila stand noch einen Moment da, dann folgte sie dem Steinweg, der um die Hausecke zur rückwärtigen

Veranda führte. Sie ließ sich in den gepolsterten Stuhl sinken, während das Mondlicht auf sie herabschien. Sie holte tief Luft und dachte darüber nach, was sie tun wollte.

* * *

Es war Sonntagmorgen, Jace hatte am vergangenen Abend bis spät in die Nacht auf der Veranda gesessen, nachdem er den Tanz verlassen hatte. Er hatte von der Tanzfläche aus beobachtet, wie Lila das Gebäude verließ und gesehen, dass ihre Großmutter ihr gefolgt war. Unfähig, einen klaren Gedanken zu fassen, war er zum Haupteingang gelaufen und über den Bürgersteig zu seinem Truck gegangen. Dort hatte er gesessen und gewartet, bis sie den seitlichen Parkplatz verlassen hatte und weggefahren war.

Das Leben war kompliziert.

Jetzt saß er im Sattel seines Pferdes und folgte Boulder, als das Tier – natürlich – auf den See zustürmte, der so viele Erinnerungen barg. Heute folgte er seinem Hund, auch wenn er eigentlich nicht an all das denken wollte. Er wollte nicht glauben, dass sie ihn erneut verlassen könnte. Auch wenn sie inzwischen verstanden hatte, was sie ihm angetan hatte und ihm vielleicht noch eine Chance geben wollte… alles war irgendwie verschwommen.

Er hätte mehr dafür tun sollen, ihr zu beweisen, dass er die Dinge, derer man ihn beschuldigt hatte, nicht getan hatte – und so etwas auch nie tun würde. Aber das war nicht alles, das wusste er jetzt. Er hatte sie aus den völlig falschen Gründen dazu gedrängt, ihn schnell zu heiraten. Er hatte sie verzweifelt geliebt – und liebte sie immer noch, das wusste er. Ihr wäre ein langsameres Tempo lieber gewesen, sie war noch nicht so weit gewesen, doch er hatte sie bedrängt und sie hatte nachgegeben. Doch dann war alles, was geschehen war, zu viel gewesen. Bis zum vergangenen Abend hatte er sich nicht eingestanden, welche Rolle es gespielt haben mochte, dass er sie gedrängt hatte.

Ja, sie hatten sich geliebt und es beide vermasselt.

Er beobachtete, wie Boulder den Hügel hinaufrannte und auf dem Pfad, der zum See führte, hinter der Kuppe verschwand. Er war nur ein kleines

Stück hinter dem Hund, hatte den Grat des Hügels aber noch nicht erreicht, als er einen Schrei vernahm, dem ein gewaltiges Platschen folgte. Jemand lachte aus vollem Hals und schnappte dann nach Luft.

Er stieß einen Ruf aus und trieb sein Pferd vorwärts. Als sie den höchsten Punkt erreichten, entdeckte er Boulder, der auf Lila stand. Sie lag im See, ihre Schultern und ihr Kopf ragten aus dem Wasser und der Hund stand aufrecht – wahrscheinlich auf ihren Hüften. Sie hatte ihn am Nacken gepackt, während das Tier ihr erneut seitlich das Gesicht ableckte.

Er galoppierte mit seinem Pferd den Grat hinunter und ins Wasser, dann ließ er sich aus dem Sattel gleiten und landete neben ihnen im Wasser. Er packte den schwanzwedelnden, sichtlich glücklichen Hund am Halsband und zerrte ihn von der übers ganze Gesicht lachenden Lila weg. Ihre Blicke trafen sich, als er den Hund fortzog.

„Das tut mir wirklich leid. Geht's dir gut?"

Ihre Stimme rumpelte vor Lachen. „Ich glaube schon. Dein Riesenhund hat mich gleichzeitig niedergestreckt, abgeleckt und gerettet."

Boulder kämpfte darum, wieder zu ihr zu gelangen, doch Jace hielt ihn fest, wobei die lange Zunge des über alle Maßen begeisterten Tieres von links nach rechts schwang. Jace drehte sich von Boulder zu Lila und griff mit seiner freien Hand knapp unter ihren Bizeps und half ihr beim Aufstehen. Sie taumelte und lachte und als sie ihr Gleichgewicht gefunden hatte, beugte sie sich nach vorn und legte ihre Handflächen um das Gesicht des grinsenden Hundes. Boulders Schwanz wippte ekstatisch hin und her und seine Zunge tat es ihm gleich, was sie noch mehr zum Lachen brachte.

Mit leuchtenden Augen blickte sie zu Jace auf. „Ich konnte nicht schlafen, deshalb bin ich vor etwa dreißig Minuten hergekommen. Ich habe Gram gesagt, dass ich heute nicht mit ihr in die Kirche gehen werde, sie dafür aber nächste Woche begleite. Heute konnte ich nicht gehen, ich brauchte Zeit zum Nachdenken, Jace." Sie ließ den Hund los und ließ ihren Blick über den See schweifen, den sie beide so sehr mochten, und blickte dann wieder zu ihm.

Er konnte nicht sprechen. Er stand mit hämmerndem Herzen da, während alles in ihm sich danach sehnte, den Arm auszustrecken und sie in seine Arme zu ziehen. Stattdessen hielt er seinen Hund auf Abstand – seinen Hund, der sie geküsst hatte. Er sehnte sich mit aller Macht danach, das Gleiche zu tun. Vielleicht nicht ganz so über ihr Gesicht zu lecken, sondern ihre schönen Lippen mit seinen zu nehmen, und die lange zurückliegende Erinnerung daran, wie sich das anfühlte, neu zu beleben.

Schließlich fragte er: „Hat das Nachdenken schon zu etwas geführt?"

Sie löste ihren Blick von seinem und ging das kurze Stück bis zum Ufer.

Er folgte ihr. Am Ufer blickte er zu Boulder hinab. „Sitz", verlangte er mit fester Stimme, die dem Hund bedeutete, dass er es ernst meinte. Das Tier setzte sich. „Bleib hier." Wieder sprach er in bestimmtem Ton und wusste, dass das wunderbare, aber etwas übermütige Tier gehorchen würde, denn eines wusste Boulder: Wenn er diesen fordernden Ton in Jace' Stimme vernahm, meinte es dieser ernst. Der Hund musste sich nur ein Mal benehmen.

Boulder senkte den kurzen Schwanz und schenkte

ihm eine Art Lächeln, indem er seinen Kopf zur Seite legte und die lange Zunge herausgleiten ließ, was seine Art zu grinsen war.

Oh, wenn Jace nur dieselbe Freude verspüren würde, wie er sie in den Augen seines Hundes sah. Dieser Hund, der ihm in den Jahren des Verlusts und der Trennung zur Seite gestanden und ihm Trost gespendet und ihm geholfen hatte. Er löste seinen Blick von Boulder und begegnete Lilas Blick. Sie hatte ihn aufmerksam beobachtet und verschränkte jetzt die Arme, als ob sie sich selbst dabei unterstützen wollte, aufrecht zu stehen.

„Jace, ich habe zu schnell reagiert. Ich wollte dich so gern heiraten, aber ich war noch nicht ganz bereit für diesen Schritt. Ich hatte kaum das College angefangen und war zwischen dir und der Schule hin- und hergerissen. Ich habe mir selbst nicht gestattet, darüber nachzudenken, warum ich dieser Frau einfach so geglaubt habe und nicht dir. Ich entschuldige mich. Es tut mir unendlich leid. Und wenn ich dich verletzt habe, entschuldige ich mich aus ganzem Herzen dafür."

„Ich muss mich genauso bei dir entschuldigen. Ich

wollte dich so sehr. Ich wollte dich als meine Frau in meinem Leben und dein Mann sein, der dich liebt und begehrt. Aber ich habe dich unter Druck gesetzt. Außerdem hätte ich dir folgen und dieses Gespräch schon damals suchen sollen."

„Falls du dich dadurch besser fühlst, ich glaube nicht, dass ich damals schon bereit für dieses Gespräch war. Ich denke, ich war noch nicht bereit, diese lebenslange Verpflichtung einzugehen, auch wenn ich dich über alles geliebt habe. Die Lügen dieser Frau haben mir als Vorwand gedient, davonzulaufen. Und im Augenblick fühle ich mich schrecklich deswegen."

Sein Herz raste. *Bestand eine Chance?* „Besteht die Möglichkeit, dass wir noch einmal von vorn anfangen?" Er konnte nicht anders und trat einen Schritt auf sie zu. Die Hände hatte er zu Fäusten geballt, um zu verhindern, dass er seine Arme nach ihr ausstreckte. Sein Herz würde jeden Moment explodieren. Doch dann trat sie auf ihn zu und ein sanftes Lächeln lag auf ihren hübschen Lippen und ihre schönen, haselnussbraunen Augen tanzten im Licht der aufgehenden Sonne wie goldene Funken.

„Nun, ich weiß nicht recht wegen dem noch mal von vorn anfangen. Wie wäre es stattdessen mit… Oh Jace, ich liebe dich. Ich habe nie aufgehört, dich zu lieben. Und meine Gram, so eine kluge Frau – und dein Großvater – sie haben sich voller Liebe zusammengetan, um uns hierher zu bringen. Ich erzähle dir die Details später, im Moment habe ich dafür nicht die Zeit, mir gehen viel wichtigere Dinge durch den Kopf. Jace, ich liebe dich und wenn du mich auch willst, werde ich dich auf der Stelle heiraten."

Er erwiderte nichts; er zog sie in seine Arme und senkte seine Lippen auf ihre. All die Jahre des Alleinseins – der Einsamkeit und des Versuchs, die Gedanken daran zu verdrängen, wie wunderbar es sich anfühlte, diese atemberaubende Frau zu küssen – diese Frau, die innerlich und äußerlich schön war – schmolzen dahin. Er wirbelte sie herum und küsste sie, und sie klammerte sich an ihn. Nichts hatte sich jemals so perfekt angefühlt.

Während sie sich drehten, gerieten sie ins Wasser und er hob sie hoch, sodass ihr Kopf über seinem war und er den Kopf in den Nacken legen musste, als sie ihn küsste. Sie küsste ihn tatsächlich.

Jetzt löste sie ihre Lippen von seinen, umfasste sein Gesicht und sah ihm in die Augen. „Ich liebe dich so sehr. Und das …" Sie lachte, als sie an ihm vorbei blickte, und ihm wurde klar, dass Boulder neben ihnen aufgetaucht war. Er bellte, stellte sich auf die Hinterbeine und platzierte seine Pfoten auf Jace' Schultern, sodass er sich mit der schönen Lila beinahe auf Augenhöhe befand.

„Ich kann es ihm nicht verübeln, dass er dir nahe sein will, aber bitte küss ihn nicht. Küss mich noch einmal und dann heiraten wir, sobald wir die Lizenz bekommen. Eins kann ich dir sagen: die ganze Stadt und alle meine Freunde werden sich mit uns freuen. Du weißt, auch wenn du natürlich wunderschön bist, dass sie alle mit dir getanzt haben, weil sie wussten, dass wir zusammengehören und sie mich ein wenig aufziehen wollten, damit ich die Dinge endlich in die Hand nehme und alles in Ordnung bringe."

Ihr wunderschönes Lächeln wurde noch etwas strahlender. „Das habe ich mir gedacht. Ich werde den Buckley-Männern auf ewig dankbar sein, sie sind großartig." Und dann senkte sie ihre Lippen wieder auf seine und sie küssten sich erneut. Aber dieses Mal war es ein Kuss für die Ewigkeit.

Bis Boulder aufgeregt bellte und heftig gegen sie sprang. Gemeinsam fielen sie ins Wasser, lachend kugelten sie übereinander, begleitet vom Klingeln der Glöckchen an Boulders Halsband, während ihre Herzen sich dem öffneten, was die Zukunft für sie bereithielt.

# Über die Autorin

Der Name der zeitgenössischen Bestseller-Autorin Hope Moore ist das Pseudonym einer preisgekrönten Autorin, die in Texas lebt und von Cowboys umgeben ist. Sie liebt es, Liebesromane und Happy Ends zu verfassen. Ihre herzerwärmenden Liebesromane sind voller schöner Helden, die es zu lieben gilt und wagemutiger Frauen, die ihre Herzen gewinnen.

Wenn sie nicht gerade schreibt, versucht sie hartnäckig, nicht zu kochen, da sie von Erdnussbuttersandwiches, Kaffee und Käsekuchen leben könnte. Seit sie schreibt, ist sie kaum noch in sozialen Medien präsent, aber sie LIEBT ihre Leserinnen und Leser, also melde dich für ihren Newsletter an und sichere dir die kostenlose Kurzgeschichte DIE WAHRE LIEBE IHRES MILLIARDENSCHWEREN COWBOYS.

MILLIARDENSCHWEREN COWBOYS, die Vorgeschichte ihrer Western Liebesgeschichten-Serie der McCoy Milliardärsbrüder!

Dieses Buch ist nur für Newsletter-Abonnenten erhältlich und ist die süße Liebesgeschichte von J.D. McCoy, dem geliebten Großvater der Brüder. Du wirst außerdem Leseproben ihrer Abenteuer, zusammen mit Sonderangeboten und neu veröffentlichten Büchern erhalten.

Bitte kopiere diesen Link und füge ihn in deinen Browser ein, um dich anzumelden: www.subscribepage.com/cowboyromantik

www.ingramcontent.com/pod-product-compliance
Lightning Source LLC
Chambersburg PA
CBHW070655100726
47907CB00007B/2213